魔界帰りの劣等能力者

12. 幻魔降ろしの儀

たすろう

HJ文庫
1133

口絵・本文イラスト　かる

Contents

第1章　秋華の決意

祐人はドアをノックし部屋内からの返事を待って秋華の部屋に姿を現した。

「あ、堂杜さん」

扉の前で琴音が出迎え笑顔をみせた。

しかし若干、目に隈が見えたことから、どうやら琴音は昨夜からずっと秋華のそばに寄り添っていたようだと祐人は気づいた。

（この子は本当に優しい子だね）

「琴音ちゃん、秋華さんは？」

祐人が琴音に秋華の容態を聞くとすぐに、元気で大きな少女の声が耳に入る。

「ヤッホー、お兄さん！　なになに？　私が心配でいても立ってもいられなくなって来たのー？」

そこにはベッドの上で半身を起こしている秋華が満面の笑みで祐人を見つめている。

「秋華さん、もう体は大丈夫なの？」

祐人は目を覚ましたと聞いて来たのだが想像していたより元気というより元気過ぎて驚(おどろ)いてしまい琴音と目を合わせる。

「はい、目を覚ましてからこの調子で……私もホッとしていいのか分からなくて困っています」

「もちろんよ、この程度で私がどうにかなる訳ないじゃない。琴音ちゃんも心配し過ぎなのよ。私は切り替(か)えが早いんだから」

秋華が片腕(かたうで)を上げて何ともないことをアピールする。

「あはは……何はともあれ元気そうで良かったよ」

祐人は苦笑いで言いながら琴音の横の椅子(いす)に座(すわ)った。

すると秋華の笑顔が消えて真剣(しんけん)な顔を二人に向けた。

「そうだ、琴音ちゃん、お兄さん、ちょっと伝えなくちゃいけないことがあるからこっちに来て。誰(だれ)にも聞かれたくないことがあるの」

祐人と琴音は秋華からただ事ではない雰囲気(ふんいき)を感じ、今回の襲撃(しゅうげき)や秋華の暴走未遂(みすい)に関したことかもしれないと秋華に近づく。

「もっと寄って」

そう言われ二人はさらにググッと秋華に顔を近づける。

直後、頬にやわらかい感触が生じて二人は目を大きく広げた。

「え？」

「は？」

途端に琴音と祐人は頬を押さえながら後ろに引く。

二人は秋華にキスされたと気づき驚きと恥ずかしさで紅潮した。

「ちょっと秋華ちゃん！」

たまらずに声を上げる琴音に秋華は優しい笑みを見せた。

「ありがとう、琴音ちゃん、お兄さん。二人が私を守ってくれなかったら最悪の事態も考えられたわ。これは私からの心からのお礼よ。今はこんなことしかできないけど、また必ずお礼をするわね」

祐人と琴音は相変わらず赤い顔で秋華の顔を見つめるが、そう言われてしまうとすぐには言葉が出てこなかった。

「ふふふ、なーに？　お兄さん。もっとお礼をして欲しいの？　これ以上のお礼を望むなんて……お兄さんのエッチ。でも考えておくわ」

「え!?　ちち違うよ、お礼なんていいから！　僕は秋華さんの護衛なんだから当然のことをしたまでだよ。だから気にしなくていいから」

極度に慌てた祐人がそう言うと、してやったりというような顔で秋華がニンマリとする。

「もう素直じゃないなぁ、お兄さんは……うん？」

秋華はふと琴音に目を向けると、琴音が可愛らしい頬を膨らませて自分を睨んでいることに気づいた。

（秋華ちゃん、お兄さんにキスするなんて……ずるいです）

秋華は琴音の考えが手に取るように分かり、また笑顔になる。

「そうだ、琴音ちゃんもお兄さんにお礼しなくていいの？」

「え？」

「だって琴音ちゃん、この僅かな期間で能力が向上していると思うよ。それって明らかにお兄さんのお陰だよね。お兄さんの指示通りとはいえ落ち着いていたし、それって凄いことだよね」

「あ、それは堂杜さんがいたからで私だけだったら何もできなかったです」

「そんなことないと思うよ。そうはいってもあれは実戦なのよ？　下手をすれば琴音ちゃんだって怪我をするかもしれない。それで混乱せずに動いていたんだから。ね、お兄さん」

「ああ、それはそうだね。琴音さん、僕もそう思うよ、本当に」

それは祐人も同意見だった。しかも琴音が見てきた敵はすべて琴音よりも格上の能力者

だったのだ。恐怖心に支配されて冷静でいられなくなってもおかしくはない。

　これは琴音が四天寺の大祭の時にいきなり能力者の最高峰の実力者たちを見てしまったというのもあるかもしれない。だがそれを差し引いても祐人は大したものだと思う。

　実力がついてもメンタルが追いつかずに一流になり切れない者は多数いる。

　その意味で琴音は堅固なメンタルを先に手に入れたと言っていい。

　実戦経験豊富な祐人をして、実能力の成長次第でどう化けるか、という可能性すら感じさせる。

「そ、そうなのでしょうか。自分では分からないです。でもやっぱりそれは堂杜さんの……」

「そう！　お兄さんのお陰。だから琴音ちゃん、お兄さんにお礼をしなくちゃ駄目でしょ？」

「はい」

　琴音は納得したように祐人に顔を向けて頭を下げようとするが秋華がさらに続ける。

「もちろん、私と同じ方法で」

「はい？」

　琴音が目を見開いて秋華に顔を向ける。

（お、同じ方法って同じ方法？　それはさっきの⁉）

琴音の顔がボンッと音が鳴るように赤く染め上げられる。

しかし、琴音はまるで意を決したように祐人を正面から見上げた。

思わぬ展開に祐人が飛び上がるように慌ててしどろもどろになる。

「いやいやいや！　琴音ちゃん、無理してそんなことしなくても十分、気持ちは伝わるから大丈夫……だよ」

後半、祐人の声が弱々しくなったのはこちらを潤んだ瞳で見つめてくる琴音の表情に押されたからだ。

「あ、あの……無理じゃないです」

「あーあ、お兄さん、琴音ちゃんが誠意という意味でお礼がしたいのに、それを断るなんて無作法よ。琴音ちゃんに恥をかかせる気？　それはないわー」

「え？　え——⁉」

秋華が煽ってきて苦しくなった祐人が再び前を見ると、そこにはさっきよりもこちらに近づいてきてる琴音がいる。

「堂杜さん、あの顔をこちらに下げてください」

頬を染めながら必死に言葉を振り絞っている琴音に祐人はついに逆らうことができず、

琴音の言う通りにすると先ほどと同じ感触が頬に走った。

「ありがとうございます、堂杜さん。これからも色々と指導してください」

「う、うん」

二人とも顔を真っ赤にして言葉を交わす。それを楽し気に眺めている秋華は大きく頷いた。

「はい、お礼完了ね！　でも本当に琴音ちゃんの勇気は凄いと思っているんだよ。とてもね……」

祐人はまたしても秋華に上手く転がされたと内心ため息を漏らすがこの時、祐人は秋華の手がかすかに震えているのを見逃さなかった。

「秋華さん」

「うん？　どうしたの、お兄さん。突然、怖い顔をして」

「大威さんたちは幻魔降ろしの儀をしようと考えているそうだ」

「え!?」

そう反応したのは琴音だ。

琴音は憑依される者についての話は聞いていないし、その成り立ちについても当然知らない。だが昨日、目の当たりにした秋華の状況からそれがいかにリスクを伴うものかぐら

いは容易に想像できるからだ。

しかし、そのリスクを一身に背負うはずの秋華は別に驚いた風もなく平然としている。

「ふーん。それでいつ？」

「三日後に予定している、と言っていたよ」

琴音がそれを聞くと我慢できない様子で声を上げた。

「あんなに危険なことがあったのに三日後ですか⁉　そんなのおかしいです。秋華ちゃんだって心を落ち着かせるのに時間が必要です。それでこんな重要な儀式を何で！」

「分かったわ。儀式は三日後ね」

「秋華ちゃん！」

「あはは、ちょっと落ち着いて琴音ちゃん。儀式を受けるのは私なんだから。それに覚悟ならとっくにできているわ。まあ、昨日はさすがに予想外のことに驚いてしまって恥ずかしいところ見せちゃったけど儀式自体は決まってたことなのよ」

「私が言っているのはそういうことではないです！」

琴音は珍しく引き下がらなかった。

祐人も琴音の言いたいことは分かる。きっと秋華だって分かっているだろう。

琴音が言っているのは「秋華が死ぬかもしれない」ということだ。

「秋華さん、今回の儀式はどうしても受けなくてはならないのかな」

「受けなくてはならないわ。それが黄家直系に生まれた者の義務よ」

祐人の問いかけにピシャリと秋華は言う。

いつものおどけたように茶化す空気はない。

「そんな」

「もう、二人とも深刻に考え過ぎよ。たしかに私は一回、幻魔降ろしに失敗しているけどその時の経験でどういうものかはもう分かったわ。だから次は自信があるの」

秋華はこちらを見つめてくる二人に呆れたかのような態度を見せる。

「それに楽際もその時の経験から今回の準備には抜かりはないはずだし、気合は私以上に入っているわ。楽際は経験豊富で優秀な人物よ。もちろん、私も優秀。だって失敗した理由は私が優秀過ぎたから、ってことなのよ。これって凄いと思わない？　いかにも私らしいわ、うんうん」

腕を組んで自画自賛しながら頷くと秋華は満面の笑みで祐人と琴音に顔を向ける。

「分かった？　つまり得体のしれない何かが私にはあって幻魔降ろしの決定的な妨げになるというわけではないの。単純に強度の問題。私、黄秋華の持つ才能のね。でもそれは前回で確認済み。だから二人が心配する必要はないの。それどころか黄家史上最高の能力者

誕生の立会人になるんだよ。これでお兄さんにだって負けないわ。ふふん、どう？　二人はそれでも反対かしら？」

流し目でニッと笑みを見せる。いかにもいつもの秋華だ。

何度も何度もこの秋華に言い負かされてきた祐人は表情を変えず口を開く。

「反対だよ」

「私も反対です」

「ちょっ、二人とも……⁉」

調子が狂った秋華がさらに口を開きかけて言葉が出なくなる。

それは祐人が秋華の手を突然、握ってきたからだ。

祐人はまだ震えの止まっていない秋華の手をギュッと握ったまま秋華にも分かるように持ち上げた。

「……っ」

秋華が目を見開き琴音もハッとしたような顔をした後、眉をハの字にして秋華を見つめてしまう。

「反対に決まっているでしょ。僕たちは秋華さんが心配なんだから」

秋華は祐人の真っ直ぐな視線と自分の恐怖心が映し出されている手から目を逸らした。

「でも止めはしないよ。秋華さんが儀式を受けるというのなら」

「え？」

それは祐人の意外な言葉だった。

秋華も琴音もその真意が分からずに祐人に顔を向ける。

「その代わりに教えて欲しい」

「お兄さん……」

祐人の真っ直ぐな瞳。

実は秋華の最も苦手とする逃げ場のない想いの乗った視線を受け止める。

「秋華さんは何を自分に課しているのか、幻魔降ろしに臨むのに何を背負っているのか、本心を教えて欲しい」

秋華は顔を硬直させた。

沈黙がしばらく三人を支配すると秋華が大きくため息を吐いた。

すると秋華から芝居がかった表情が消えていき、素の黄秋華の顔が姿を現す。

「お兄さん」

「うん？」

「すべては言えないわ。ううん、言いたくない」

「分かった。それでいいよ。それと憑依する者の秘密とか聞く気はないから」

「それと今から言うことを聞いた後に私に対する態度を変えたら許さないから。琴音ちゃんもよ」

「そんなことしないよ」

「そんなことあるわけありません」

「特にお兄さんは社会的に殺すから」

「ええ⁉」

思わず祐人が顔を青ざめさせて驚くと秋華は吹き出すように笑みを浮かべて、いつもの調子を取り戻す。

そして秋華はベッドから窓の外の庭園に顔を向けると口を開いた。

◆

浩然が秋華の治療と様子を窺いに戻ってくると秋華の自室のドアの前から去ろうとする英雄を見つけた。

秋華の様子を見に来たのだろうと考え首を傾げる。

「あ、英雄様、中にお入りにならないので？」

「何でもない！　通りかかっただけだ」

英雄はそう言うと足早に去って行った。

浩然は英雄の性格を知っているのでこういう物言いにも慣れている。

しかし、こちらに表情を見られないように顔を背けたようにも見え、訝しむ。

（何なんでしょうか？　まあ、いつも通りともいえますが）

浩然は英雄と入れ替わりにドアの前に立ってノックをしようとした手を止めた。

ほんの僅かにドアが開いている。

おそらく英雄が開けかけてそのままにしていったのだろう。

すると中から賑やかな複数人の声が聞こえてきた。

「じゃあ、秋華さん、今日から当日まで僕に付き合ってもらうから」

「堂杜さん、私も同席させてください！」

「もちろんいいけど……かなりきついよ？」

「問題ないです！」

「きついの嫌だなぁ」

「秋華さんは当事者でしょ！」

「分かってるわよ」

（堂杜祐人か……まったく厄介な人です。ああ、それで英雄君は中に入らなかったのですね。毛嫌いしているようですから。まったく幼い。それにしても何者なのでしょうか、堂杜祐人とは。今、調査していると聞きましたからそのうち正体も分かるでしょう。それよりも王俊豪が儀式まで居座る方が問題です）

そう考えると浩然は影のかかった表情を消しドアをノックした。

第2章　修行

「失礼します」

ドアをノックし浩然（こうぜん）が人の好い顔で部屋に入ってきた。

「あ、浩然さん、いらっしゃい」

秋華（あきはな）が浩然に声をかけると祐人（ひろと）たちは会話を止めて浩然に頭を下げる。

「なんか賑やかですね。秋華様、調子はどう……うん、良さそうですね」

浩然は笑みを浮かべて秋華のベッドの横までくると祐人たちは浩然に場所をあける。

「安心しました。実は秋華様に幻魔降ろしの日取りをお伝えに来ました」

「そう、それでいつかしら？」

日取りは祐人から聞いてはいたが、それはここで言う必要はないと判断したのか秋華は知らない体で聞き返す。

「はい、三日後の十七時に幻魔の間にて」

「分かったわ、お父さんには承知したと伝えて」

「分かりました」

（ふむ、妙に冷静ですね。友人たちと談笑していつもの調子を取り戻したのでしょうか。まあ、嫌がられて駄々をこねられたりするよりはましですが）

「あ、それと当日はここにいる琴音ちゃんと堂杜のお兄さんにも来てもらいたいの。そうお父さんに伝えてもらえる？」

「そ、それは」

秋華の提案に浩然が難しい顔をする。

それは当然であろう。

幻魔降ろしの儀は黄家にとって秘中の秘である。

昨日は幻魔の間に入ってきたが、どうやらそれは大威の気まぐれともとれる判断だったと聞いている。

それ自体、異例中の異例である。

さすがに儀式当日の場に部外者を入れるなど考えられない。

（それにです）

浩然は一瞬だけ祐人にチラッと視線を移した。

（この人には来てほしくはないですね。いたところでどうということはありませんが昨日

の活躍には驚きました。秘密にしているようですがおそらく高度な封印術の知識を持っているようです。正直、得体が知れないですし、私としてはどんな小さなものでも障害になる可能性は排除しておきたいです）

　すると、いつまでも返事をしない浩然に明らかに機嫌を損ねた秋華は頬を膨らませた。

「何？　浩然。駄目なの？　それなら私は幻魔降ろしなんてしないから」

「え!?　秋華様！」

　思わず浩然は声を上げてしまう。

　黄家直系の重要な儀式についてこのような我がままが通る訳がない。

　だが一旦、へそを曲げた秋華を説得するのは非常に難しいことを黄家にまつわる者なら誰もが知っている。

　中止はあり得ないが儀式の日程が月もしくは年単位で延期することもあり得る。

「それが困るんだったらお父さんを説得してきて。お兄さんたちが来ないのなら私は絶ぇえ対にやらないから」

「で、ですが幻魔降ろしの儀に部外者を入れるなど前例がありません。秋華様のお願いでもさすがにこれは難しいと」

　秋華の剣幕にそれは困ると浩然が狼狽する。

「そう、ならやらないわ。今からでも逃げるから。お兄さん、琴音ちゃん、行きましょう」

「え!?　わ、分かった！」

「えぇ!?　わ、分かりました。私も行きます」

　突然、話を振られて祐人と琴音は目を丸くして驚くが承諾する。

「だ、駄目ですよ！　二人とも簡単に承諾しないでください。これが黄家にとってどれだけ重要なことか分かりますでしょう」

（こ、この黄家の兄妹はどれだけなんですか。兄も兄ですが妹はそれ以上です。私が言えることではありませんが育て方を間違えすぎています。黄家は一体、何をしているんですか）

　浩然はとにかくこの場で説得しようと慌てる。

「な、何を言っているのか分かっているのですか、秋華様。秋華様はもういつ暴走するか分からないほど幻魔との感応力が高まっているのです。いつ何時、小さな暴走で幻魔に喰い殺されるかもしれないのです。そんなこと……！」

（魔神顕現の器になる前に死なれては困るのですよ！）

「あーあ、浩然、やっちゃったねぇ」

「……え？」

「あなた、そんな黄家の超秘匿情報を部外者に漏らしてしまって、ただでは済まないわよ」

「何がです……あ」

浩然はハッとしたように祐人と琴音に顔を向ける。

二人は神妙な顔で浩然を見つめていた。

「【憑依される者】の術が成らないと黄家直系はいつか幻魔に殺されてしまう、というのは秘匿中の秘。そんなことが世間に知られれば力の弱い小さいうちに拉致して何年も監禁しておけば自然と殺せるのがバレちゃうじゃない」

「なな！」

「これは責任問題だよね。あーあ、これを聞いたらお父さんやお母さん、もちろん楽際さんも黙ってはいないわよね。ちなみにこの二人を殺そうとしても無駄だよ。お兄さん、すごい強いし、琴音さんに何かあったら三千院家と戦争だからね」

「ななな！」

浩然は己の失態に気づき油汗が止まらない。

これが伝われば場合によっては粛清もあり得る。そうなればもちろん逃げるつもりだが、それでは自分が数年かけてきた至上の目的が海の藻屑と消える。

「そうねぇ、もちろん私は心優しい女の子だから黙っててもいいけどぉ。どうしようかな

あ」

秋華がわざとらしく考え込むような仕草をすると流し目で浩然に視線を送る。

「わ、分かりました。堂杜様と琴音様が同席できるように私から説得してみます」

「そう、お願いね！　浩然がいつも私の味方でいてくれて嬉しいわ」

秋華が輝かしい笑顔を見せるとゲッソリした浩然が立ちあがり外に出て行った。

その姿を同情の籠った眼で祐人と琴音が見送る。

「いいの？　あそこまでして」

祐人が心配そうに秋華に声を掛ける。

「いいのよ。これで浩然は幻魔降ろしまであんまり私に関われないでしょう」

「秋華ちゃん、怖すぎです」

秋華の奸計に慣れていたつもりだが琴音は若干引いている。

「ちょ、ちょっと琴音ちゃん、それは言いすぎよ。私は友達には素直そのものよ」

「そうでしょうか」

琴音が首を傾げる。

「琴音ちゃん？」

「あ！　そうですね、はい！」

秋華の目が光ったのを見て琴音が背筋を伸ばす。

するると、自然に三人から笑みがこぼれた。

「それよりお兄さん、さっきの話だけどいつから始めるの？」

「ああ、修行ね。もちろん、今からするよ」

「ええ！　今から⁉」

「時間がないからね。秋華さんはすぐに着替えて。場所は誰にも見られないところがいいかな。琴音ちゃんはどうする？　本来、琴音ちゃんには必要ないんだから無理はしなくていい」

「いえ！　私も受けたいです」

「じゃあ、部屋の外で待ってるから」

「ええー、何も今からしなくても」

ブーたれている秋華を横目に祐人は立ち上がり、部屋から出て行こうとすると何かに気づいたように振り返った。

「それと秋華さん、今日から僕は秋華さんの部屋のドアの前で寝るから」

「え？」

「これから幻魔降ろしの儀まで秋華さんに近づく人はすべて僕を通してもらうことにする。

その方がいいでしょう？　それと念のため琴音ちゃんも秋華さんの部屋で泊まってね」

真剣な表情で祐人が言うとその言葉の意味を理解した秋華も琴音も頷く。今から幻魔降ろしまでいかなる邪魔も入れないためだ。

敵やスパイなどすべてのリスクを排除する。

「分かったわ。家中の者にもそのように厳命しておくわね」

「うん、お願いね。僕も大事にはしたくないから」

「あ、それはそうとお兄さん。修行ってどんなの？」

「え？　ああ、そうだね。僕がよくしてきた修行方法なんだけど、簡単に言うと」

そう言って祐人は「うーん」と何と言うべきか悩むような仕草をし、良い言葉が浮かんだと二人の少女に笑顔を向けた。

「二人には数十回は死んでもらう」

「は？」

「え？」

祐人が気軽に言ってきたその内容に秋華と琴音は呆けた顔を見せた。

◆

「へー、こんなところがあるんだね。さすがは黄家だ」

「はい、しかも霊気が濃いですね」

祐人と琴音は感心したように人の手が入っていない自然豊かな木々を見まわした。

「ここは黄家の修練場として使われている場所よ」

先程、広大な黄家の敷地の端にひっそりと、しかし重厚感のある鉄製の門のところまで案内をされた。それをくぐると鬱蒼とした木々の間に道があり数分歩いたところで開けた場所に出た。

実は能力者の家系はその大小にかかわらずこういった修行場を持っていることがある。

そして、そのほとんどが霊気もしくは魔気の濃い場所である。

こういった霊力場、魔力場では修行効率が著しく高くなるのだ。

祐人も修行の際に秩父山脈の奥地や富士の樹海の奥地によく赴いたものだった。

加えて言うと名門能力者家系が、そもそもこういった場所の近くに邸宅を構えることは珍しいことではない。

「ここなら誰も来ないわ。それに外部との遮断結界も張られているからどんな情報も漏れないようになっているし、どんな人間が入ってきても分かるようにしているから」

「うん、これならいいね」

祐人は大きく頷くと秋華と琴音に体を向けた。

「じゃあ、二人とも準備はいい？」

「はい！」

「ふう、準備も何もただ来ただけだけど何をするの？　お兄さん」

「そうだね、まずはその場で座禅を組んで瞑想してもらう。二人とも実家でもよくやっている修行の基本のキだけど、それから始めるよ」

意外と普通の指示に秋華と琴音は目を見合わせた。

祐人の言う通り能力者の修行の始まりの始まりは瞑想である。

それこそ一日中、瞑想して終わることだってあった。

瞑想して己を探り霊力、魔力の流れを感じることが全てのスキルに必要なことだからだ。

時間がないと言っていた割には随分と悠長だな、と思いながらも二人は祐人に従い瞑想を始めた。

「そうそう、霊力を澱みなく循環させてね」

二人が数分間、霊力を循環させていると祐人から厳しい指示が飛んでくる。

「琴音ちゃん、循環量が少ないよ、もっと増やして。秋華さん、少し霊力が揺らいでいる、集中して」

祐人は思った以上に細かく、極小さな粗も見逃さない。

その後も「循環量を二倍に増やして」「次は半分」「循環スピードをできるだけ速く」「できるだけ遅く」等々と指示され、秋華と琴音どちらかに少しでも揺らぎがあるとその状態を罰として延長された。

「はい、次は循環を裏に変えて」

循環を裏にとは、霊力、魔力の循環方向のことを言っている。

循環には表と裏があり、表の循環が正道で非常に緩やかではあるが徐々に霊力が増す。

裏は負道とも言い、簡単に言えば循環を逆さにすることだ。

行えばただ消費して非常に疲れる。しかも消費具合は表の循環と同じではなく数倍で消費していく。

だが、そうすることで正道の循環をよりよく感じることができ、また霊力消費の感覚を体に刻み込む。

まず祐人は表、裏と繰り返させて二時間を過ぎたところで声を掛けた。

「うん、さすがに二人とも基本はしっかりしているね」

祐人がそう言うと二人は目を開けた。

「お兄さん、結構厳しいよ」

「はい、ちょっと緊張しました」

「分かっていたけど秋華さんの霊力量はとんでもないね。でも、霊力量に少し振り回されているかな。自分の霊力を蛇口でコントロールするようなイメージを持って」

続けて琴音にも助言する。

「琴音ちゃんはコントロールが上手い。けど霊力の出し方が弱いね。下げる時はスムーズなのに上げる時は遅くなる。コントロールに意識が行き過ぎているのかもしれない」

二人は内心、驚きつつ祐人の指摘に頷いた。

というのは過去の長い修行の中で指摘されたり、自分で課題だと認識していることをこの数時間で言い当てられたからだ。

とはいえ、これらの修行も実家では及第点に至ったということで次の修行に移行している。だから二人は祐人が次の段階に進むと考えて意識を高めた。

「結論から言うね。二人とも落第点だよ。はっきり言って全然ダメだ。名家出身の二人がこの程度なのは正直、落胆した。黄家と三千院家はこんなものでOKしていたのかい？」

「え⁉」

祐人の厳しい評価に秋華は目を見開き、これには琴音も不満気に表情を曇らせた。

が、祐人の表情は厳しい。

いつもの優しい雰囲気がない。

「聞くけど二人は実家での修行はどうしているの？」

「三千院では次の修行に耐えられると判断されると先に進んで一通り進むとまた基本から反復となります」

「ふむ、なるほど。それも一つのやり方だね。それでも一流になる道筋は得られる。ということは琴音ちゃんはまだ修行の周回が足らないということか」

「黄家も似たようなものよ。ただ私は途中で修行を……」

「そうか、暴走の恐れがあるから修行を止めていたんだったね」

祐人はいつになくはっきりとものを言う。

祐人は考え込むような仕草の後、一つの回答を得たように顔を上げた。

「二人の状況がなんとなく分かった」

何が分かったのだろうと秋華と琴音は祐人を正視する。

「今から僕の考えを言うね。でも気分を悪くしないで欲しい。あくまで僕の考えと想像だ

から。それと時間がないから言葉がきつく感じると思うけど許してほしい。ただそれで、これから行う修行の意味を分かってもらおうと思う」

この時、秋華は軽口を叩こうとしたができなかった。

祐人の真剣な表情に二人は何故だか、気迫のようなものを感じたからだ。

琴音などは祐人が怒っているような印象すら受けた。

だから二人は頷くことしかできなかった。

すると祐人は二人の前で座禅を組み視線を合わせた。

「二人から修行方法を聞いて思った。三千院家、黄家は平和ボケしている」

その祐人の言葉を聞いて二人は顔を硬直させた。

一瞬、自分の家を否定されたかのように聞こえて頭にきたということもあるが、それ以上に祐人が怖かったのだ。

「両家は凄まじい術を持っているよ。それは間違いない。実際、二人はそれに見合う才能も持ち合わせていることも分かった。それが血筋なのか、本人の素養なのかまでは分からない。ただ秋華さん、琴音ちゃんは君たち自身が思っている以上に能力者としての高みを狙えると僕は感じた」

この祐人の言葉に二人は震えた。

だがこれは恐怖によるものではない。

二人は祐人の実力を間近で見ている。

祐人がはるか先にいる能力者と知っており、普段の祐人の態度であやふやになる時があるが、心のどこかでは畏敬の念を抱いていた。

その祐人から自分が高みに至れる可能性を論じられて武者震いしたのだ。

特に琴音は心が跳ねるような気持ちになった。

三千院家にいてこのようなことを言われたこともそう扱われたこともない。

家にいるのはより才能のある能力者との縁談を模索していた人間たちばかりだ。

自分自身の術や才能に言及されたことはない。

「黄家、三千院家のその修行方法は平和時のものだと思う。僕が思うに術の継承に主眼を置いているんだ。明日、生き残るための修行ではない。黄家、三千院家を語る前の、素の能力者としての実力を高めることを後回しにしている。別に悪いことではないよ、実際、平和だからね」

無言で二人は祐人の考えを聞いている。

「二人の実家の精霊術、憑依される者という超強スキルはそれだけで能力者を強者にしてしまうもの。実際、琴音ちゃんと一緒に戦った時も十分に凄いと思ったからね。でもそれ

が故に己を測る敵というものが減って戦闘の機会がなくなったことで、スキルに偏重してしまったのかもしれない」

「じゃあ、お兄さんの修行は変わってしまうの？」

　秋華の質問に祐人はかぶりを振った。

「いや、変わらないよ。むしろ、重要性が高まったとすら思っている。ただ二人にとって想定よりも厳しいものになったってだけ。それが少し心配になった。それと正直、頭にきた」

「堂杜さんは何を怒っているんですか？」

　琴音がやっぱり怒っていたんだと思い質問した。

「あ、ごめん、これは個人的な感情だった。僕は名門の両家が結果的に今、二人を困難に直面させたから、ついね」

「え？」

「色々と事情があったと思う。特に秋華さんのは簡単じゃない。僕の怒りはそれぞれの家の苦労や苦悩を無視して、結果論的にクレームを入れているレベルだとは思う」

　祐人は冷静になったようで、頭を掻きながら「でもさ」と続ける。

「琴音ちゃんの家は四天寺家に対して強い対抗心があるくせに琴音ちゃんの成長よりも天

才の登場を待った。それで琴音ちゃんにいらぬストレスを今も与え続けている。琴音ちゃんを精霊使いとして大成させれば四天寺にも劣らない勢いを取り戻せると思わないのかな、と考えてしまったんだよね」

「……！」

琴音は思わず口を覆い、何とか涙だけは流さないように堪えた。

心の奥底にあった実家に対する想いの一端を言い当てられたのだ。

「それと秋華さん。秋華さんの才能は突き抜けている。いわゆる天才って部類だよ」

「……うん」

「でもね、天才たちが常に大成するとは限らない。天才が天才として体現するためにはまさにメンタルがものをいうよ。でも秋華さんはね……秋華さんは優しすぎる」

「や、優し……！　私が⁉」

祐人の思わぬ言葉に秋華が顔を赤くしてしまう。

「そうだよ。秋華さんは自分以外の人間、特に家族や友人に心を砕くが故に自分自身に対する思い切りがない。開き直りがないんだ。だって【憑依される者】修得のための幻魔降ろしだって、他人のためにやろうとしているでしょう」

「……！」

「我が強いように演じても無駄だよ。霊力にも気配りが出すぎ。自分の強すぎる霊力の扱いに細心の注意を払っている。多分、癖になっているでしょ。周囲を心配させないように、圧倒的な霊力を出さないように、大したものではないようにしている。でもそれじゃ高みには到達しない」

　いつもらしからぬ祐人は断定的で反論を許さぬ様子で語る。

「さあ、修行を続けるよ。僕の考えが当たっていようが外れていようが関係ない。二人に言いたいのは能力者としての地力を高めてもらうってこと。精霊使いも憑依される者も頭から消して。三日でやるんだ、簡単じゃない。でも一つだけ時間とは関係なしに強くできるものがある」

　祐人は厳しい表情を作る。

　だがちょっとだけ演技がかっている。

　そのため琴音と秋華は噴き出しそうになった。

「あ、今、笑いそうになったね。後悔するよ。これからの僕は堂杜祐人であって堂杜祐人じゃないから。一切の反論も許さない。なんてったって……」

　祐人の眼光が心なしか鋭くなる。

「意識と精神力がどれだけ能力者に影響を与えるのか知ってもらうんだからね」

さすがに祐人の最後の言葉に秋華と琴音は恐怖で鼻がひくついた。

◆

「じゃあ、始めるね。今から二人には僕の『領域』に入ってもらう」

「領域？」

秋華が聞き返した途端に祐人を中心にゆったりとした空気の渦が起こり上空へ上る。

祐人の髪がふわっと浮き、二人は息をのんでその様子を見つめた。

「修行のために目でも分かるようにしているからよく見て。僕を中心に広がるサークル状の領域が分かるでしょう」

祐人の言う通り祐人から広がる仙氣の円が風の流れでよく分かる。

そしてそれは広がっていき琴音と秋華を円の内側へ置く。

また、この円の内側に入り込む時、変化するはずのない湿度や気温が変わったような不思議な感覚を肌で覚えた。

「僕は霊力も持っているけど仙道使いだ。だから仙氣によって領域を形成しているから二人には初めての感覚だったかな。でも霊力でこれと似たようなものを二人も形成できるでしょう」

　そこで琴音が「あ……」と声を上げた。

「これは『絶対感応域』です。三千院ではそう呼んでます」

「私も分かるわ。黄家では『自在海』と呼んでいるものね」

「うん、そちらではそう呼んでいるんだね。じゃあ、細かい説明を省くけどこの領域内では僕の術や技の発動がスムーズになる。僕の氣に満ちているからね。それに相手が侵入してきた時にほぼ確実に反応できる。武道で言えば〝間合い〟といったものに近いかな」

「そこは家で聞いているものとちょっと違います。三千院では精霊の掌握が自分に優先される範囲を言います。この中……堂杜さんの言う領域内ではいかなる場合でも術者自身と精霊との感応が邪魔されないというものです」

「私のところではそういうのはなかったな。ただ、この領域を広げることが重要で、とにかく領域範囲を広げる修行を繰り返したわ。この修行だけはめちゃくちゃ厳しくてさぼることも許されなかった。憑依する人外の格が高いほどより広い領域が必要になるって」

「どうやら持っているスキルによって意味合いが変わるようだね。三千院のそれはまるで

同じ精霊使いを意識しているようだし、黄家のはまさに【憑依される者】の発動にのみ特化したみたいだ。それ以外には何か聞いてる？」

「いえ、特には」

「うちもそれくらいかな」

「ふむ……繰り返しになるけど二人の家は本当にスキルに関連したことしか考えていないね。スキルがあまりに強力であるが故の結果か」

祐人は嘆息すると、目を見開きその瞳に力を込める。

「じゃあ、こういう事態は想定していないのかな」

「はう！」

「うう！」

突然に襲われる息苦しさに琴音と秋華は苦悶の表情を見せた。

一体、何が起きたのか彼女たちには分からない。

ただ、祐人から発せられる圧迫感に気を削がれ、自身の中にあったはずの意欲や覇気が消えていく。

「ど、堂杜さん、これは」

「今、僕は領域の強度を上げた。二人は考えたことはなかった？　もし相対する敵の領域

と自分の領域が重なった時はどうなるか。三千院でいえば精霊の掌握が優先されると言ったね。じゃあ琴音ちゃん、敵も精霊使いで自身に優先されるはずの領域が重なった時、どちらの使い手に精霊は掌握されるの？」

「そ、それは」

琴音はその答えを持ち合わせていなかった。

いや、個人としては考えたことはある。

しかし、三千院ではその点に触れてこなかった。

中、長距離が得意レンジの精霊使いだ。そういうことを想定しなくなったのだろう。そのため長い歴史の中で重要視されなかった可能性が高い。

「僕はそれを見たよ。大祭時に水重さんと毅成さんの戦いで」

「……⁉」

祐人から出た思わぬ人物の名前に琴音は目を見開いた。

まさかこんな時に兄の名前を聞くとは思っていなかった。

「二人は超級の精霊使い、かつ能力者だった。その領域の広さも強度も常人の能力者のそれとは別の次元にいたよ。その二人がぶつかった時、精霊はどちらの術者に従うべきか迷っていた。いや、術者同士が精霊の支配権を争っていたかのように見えた」

「それは⁉」

「いいかい、琴音ちゃん。琴音ちゃんがいつか水重さんと相対した時、話し合うにしろ、説得するにしろ、この領域の強度を上げるのは不可欠になると思う。よく覚えておいて。もちろんそれ以外でも精霊との感応力を阻害する能力者と出会った時の耐久力にもなるはずだ」

「はい」

「次に黄家のそれは高位の人外を降ろすときの器に相当しているんだと想像ができる。でもここでも言えることは強力な領域を広範囲に展開している上位の能力者に出会った場合、下手をすると【憑依される者】の発動を阻止される可能性がある。降ろす人外の格によってどれほどの広さの領域を必要とするのかは僕には分からないけど、頭に入れておいて」

祐人の【憑依される者】の考察は正しい。だが秋華は驚かない。

「分かったわ、お兄さん」

「まあ、大祭時の英雄君の術の発動を見る限り発動スピードが想像以上に速かった。だから黄家ではこの強度の修行が後回しになっているのかもしれない。虚を衝いたり距離さえとれれば発動できるからね。ただそれは初見で倒すことができていればいいけど、もし再戦する能力者がいてその能力者がこの点に対策を練ってきたら厄介だ」

秋華は無言でうなずく。

「ちなみに僕の領域は狭い。近接戦闘が得意な僕が領域を広げることに意味はない。知っているのと思うけど領域は広げれば広げるほど強度は下がるからね」

実はこれについて祐人は自分自身のすべてを語っていない。

今話した祐人の最適な領域範囲は仙道使いとしての堂杜祐人の話だ。

封印を解いた霊剣師としての祐人はこれに当てはまらない。

オールレンジのスキルと術を持つ霊剣師の領域は精霊使い並みに広い。

「話が逸れたね。これは今後、活かしてくれればいい。今からの修行は三千院家、黄家とは関係ない。一人の能力者としての地力を上げる修行だ」

祐人が一旦、領域を解く。

すると息苦しさも同時に解かれて秋華と琴音は大きく呼吸をした。

「では行くよ、秋華さん、琴音ちゃん。時間がない、ここからは厳しいよ。僕を普段の僕と思わないで。琴音ちゃんはこっちに移動して秋華さんと距離をとって。そう、そこでいい。さあ、自分の家で習った自在海と絶対感応域を形成して」

休憩などなく、すぐに修行の本番が開始された。

二人は頷いて目を閉じて己の領域を展開する。

祐人は二人の領域の形成を確認すると自身も領域を展開し細かく指示を出していく。

「もっと狭くして。それだけでも強度は上がるけど意識して強度を上げるんだ。イメージとしては領域の外郭に硬い壁が構築されている感じだ。それでその壁がどんどん分厚くなっていくのを想像して。能力者の特徴はイメージの具現化が一般人のそれと比べ物にならないことだよ」

秋華と琴音は祐人に言われたとおりにイメージを思い浮かべ、自身の領域に命令をしていく。

「うん、いいね。やっぱり二人は勘がいいよ。次に領域内の密度が高まるイメージ。内側にあるものはたとえ戦車でも超水圧によって拉げてしまうくらいの圧力を想像して」

二人は目を瞑ったまま霊力をコントロールし祐人の言う状態を作り出そうと努めた。

「二人とも外殻が緩んでる！ 今言ったことを同時にこなすんだ。中で大量のダイナマイトが爆発してもびくともしない強度だよ。いいかい？ 必ず明確にイメージして。その中で気持ちよく行動できるのは自分だけだ。それ以外の侵入者は自由を失い外側へ弾かれる！」

祐人の叱責が飛ぶ。

その声には問答無用の迫力があり二人はただ祐人に従う。

しばらくすると祐人が頷く。

「よし、及第点かな」

途端に秋華と琴音が領域を解いて地面に手をついた。

息も荒く、全身を覆う疲労感に言葉も出てこない。

「誰が解いていいって言った？」

祐人の怒気を含んだ低い声に二人は「え？」と目を見開く。

「もう一度、領域を形成！　最低三十分は継続できなくちゃ話にならない。休憩はその後だ！　できないならずっとこのままやってもらう。食事も睡眠もなし！」

「ええ⁉」

「ええ、じゃない！　ほら領域を展開しないともっと苦しいことになるよ」

そう言うと祐人は先ほどより強力な領域を形成し二人をその領域内に引き込んだ。

途端に強烈な圧迫感と息苦しさで秋華と琴音は吐き気すら催してしまう。

（な、何これ。気持ち悪い。攻撃的で私を決して認めないような意識が）

秋華はさらに気分が悪くなり右手で口を押える。

「これが他者の領域内に入るということだよ。領域とは我の塊だ。他人と理解しあうようなお花畑空間じゃない。ましてや敵が来ていて、自分を殺そうって奴と仲良くする気？

あり得ないでしょ。やり返すんだ。自分の我を通せない人間が強くなるわけがない！」

琴音も顔を青くし、こみ上げるものを堪えるようにお腹に手を当てる。

「二人はね、優しすぎるんだ。いつも周囲の人間の意向を無意識に探っている。自分の希望や欲望は後回し。自分ではない誰かのためを考える。だから本心を隠すように周りを茶化す。おどおどする。無口になる。従順になる。その先に自分の居場所ができると思っていないか？　言っておくけどそんなところにあるわけがない！」

この祐人の言葉に二人は目を見開いた。

自分でも驚くほどの怒りが湧き上がり心無い言葉を偉そうに語る祐人を睨みつける。

「何を偉そうに！　お兄さんだって甘ちゃんじゃない！　いつも他人に振り回されているのは誰よ！　私たちの置かれた環境も知らないくせに！」

「そうです！　私だって……私だって好きでこんな自分になったんじゃない！」

激高した二人の視線を受けるが、祐人は全く動じない。

それどころか目を吊り上げてさらに領域を強化する。

「「うう！」」

「弱いくせに、実力もないくせに騒ぐな！　怒るなら自分の弱さに怒れ！　何でこんなことを言われるかだって？　二人が弱いからだよ。弱いから思い通りにならない。実力がな

いから小手先の対症療法に走る。それでおしまいだ。僕は二人とは違う。僕は強い。強くなった。だから、こうして二人の弱い部分を指摘してもいいんだよ。強者は弱者のくだらない理屈など聞く必要はないんだからね」

「く、くだらないって⁉」

「そ、そんな！」

「何だ、悔しいのか。だったら僕の領域に抗え！　抗うにはこれに負けない領域を形成するしかない！　我を通せ！　相手の気持ちなど忖度するな！　自分だけが重要！　自分だけを守れ！　自分の領域だけが心地の良い空間なんだ！　逃げるなら自分の領域へ逃げ込め。そこだけが自分の主張を許される唯一の場所だ！」

秋華と琴音はついに嘔吐する。

しかし祐人は領域を解除しないどころか徐々に、そして確実に強化していく。

すると秋華が口を拭い、鋭い目を祐人に向ける。

「やってやるわよ。私に偉そうに説教したことを後悔させるわ」

「私も許せないです。力のない者にだって意地があります。絶対に抗ってみせます！」

「口では何とでも言える。そういう言葉は達成してから言いなよ。じゃないと滑稽を通り越して惨めなだけだ。黄家の秘儀も水重さんもどうすることもできずに死んで生き残った

人たちから優しい人だった、と振り返ってもらえばいい。どうせ弱者にはそれぐらいしかできない。そのあとは可哀相な二人の意志を僕が引き継いであげるよ」

二人はこれ以上の怒りを知らない。

これほど辱められたことがあるだろうか。

秋華と琴音は祐人の顔を憎しみを籠めて睨みつけると目を閉ざし座禅を組んだ。

すると二人の領域が展開された。

それは先ほどまで見なかった重厚で強固な領域だ。

祐人は二人の領域が徐々に自分の領域を押しのけていくのを見て目を細める。

そしてそのまま一時間が経つと祐人が口を開いた。

「よし……合格だ。次の段階に行く」

祐人は一旦、二人に休憩を与えて口を濯いでくるように指示すると二人は無言で立ち上がり祐人の横を通り過ぎて行った。

明らかに祐人を無視しているようだ。

祐人は苦笑いをわずかに浮かべるとすぐに真剣な顔になる。

（想像はしていたけど成長が早いね。いい感度を持っている。偏った方法だったとはいえ各家で基礎の修行をしていたことが言えるかな。でも、であるからこそ、ここからが重要

だ)

祐人は二人の性格を考慮して修行内容を組み立てていかなければならないと考えている。

いや、修行内容は決まっている。

取り組みに対する秋華と琴音の覚悟の持たせ方が重要なのだ。

たった三日で能力を向上させるのはそもそも厳しいが方法がないわけではない。

それは精神、魂への直接的な働きかけだ。

能力者とは一般人と違い存在が不確かな人間たちである。

誤解を恐れずに言うと観念的な存在であり人外に近いところがある。

そもそも物理現象に反した事象を普通に起こすのだ。言い換えればリアルワールドにいながら高次元に片足を踏み込んでいる者たちなのである。

そのため能力者の力は肉体的な能力の向上とは別の原理で高まる場合が多い。

人間は肉体という三次元の器を持っている。

ところが困ったことにその肉体より高次元の精神や魂を内包するというアンバランスな存在なのだ。つまり低次元の器に高次元の力を収めているのである。

能力者はこれを知り、理解し、高次元体の精神と魂の力を扱う術を手に入れた人種である。

その意味で一般人も能力者になる可能性は常にある。

高次元に気づき、足を踏み入れてしまうのだ。

それが機関で言う天然能力者となる。

つまり能力者とは精神、魂を通して高次元の事象を起こす者。

そこにこそ短時間でも能力者の強度を高める方法がある。

（でもこれは劇薬に等しい）

祐人の目に一瞬、迷いのような光が宿る。しかしすぐに眼光が鋭くなった。

（放っておけば秋華さんは【憑依される者】を成す幻魔降ろしで暴走し命を失うかもしれない。【憑依される者】は肉体にもう一つの高次元体である神霊や人外を降ろすということ。尋常な術ではない。とんでもないリスクを背負っている）

意識の中にもう一つの存在を内包するのだ。ましてや内包するのは高次元の存在であり人間の常識や感性を持ち合わせていない人外たちである。

（普通、内包すればどんな超級の能力者でもすぐに肉体を喰われる。黄家の謎はそれがないこと）

黄家には何かしらの加護や秘術が施されているのかもしれないと聞いたが定かではない。

（でも【憑依される者】が恐ろしいのはそれからもう一歩先に進み、人外を内に秘めたまま従わせて己の力に変えることだ。肉体を喰われない特性からこの術を生み出したとは思

うけどそれは……）

彼ら彼女らに負けぬ魂の強度を持ち、その上、強力な支配力が必要になるだろう。

つまり彼らを従わせるには強力な霊力だけでなく精神力が必須になると想像できる。

しかし、だ。

（秋華さんはそれに見合う精神力、魂の力の引きだし方を持っていない。それが〝暴走〟という形で顕在化してしまう。恐ろしいほどの感応力と霊力を持っているが故に尚更、高位人外という高次元の意識に当てられてむしろ為す術なく、支配されてしまう）

結論としては簡単だ。

秋華の精神力、魂の本質を知る力を鍛える。それも数段、高みにもっていくしかない。

秋華の父、大威が幻魔降ろしの儀を強行するといった時、この案は浮かんではいた。

しかし祐人はすぐには決断できなかった。

それはあの襲撃の際に目の前で秋華の脆さを見て取ったからだ。

秋華は恐怖心に囚われやすい。

これでは祐人が行おうとしていた修行そのもので壊れてしまう可能性がある。

しかし今回、その精神を強くするしかない。

ここに祐人の迷いがあった。

ところが秋華は幻魔降ろしを行うという決定を知らされた時、即座に受け入れた。

それを見て祐人は最後の迷いが消えた。

（僕はあの時、秋華さんの覚悟を見た。秋華さんのことだ、自分の弱さを知っているはず。秋華さんにどんな想いがあるかまでは分からない。だけど決して生半可な覚悟ではない）

その時、祐人は感じたのだ。

秋華は命を懸けている、と。

祐人は座して待つよりも行動を起こすと決めた。

修行に伴う秋華のリスクにも責任を持つ。

お節介と言われようが何様と思われようがどうでもいい。

（僕は秋華さんを友人と思っている。それだけでいい。嫌われるぐらい何ともない）

あとは琴音だ。

琴音には水重を意識した言動が目立つ。

いつしか水重の前に立つつもりなのだろうことは間違いない。

三千院を裏切り、四天寺に牙を剥き、機関の敵に回った実の兄。

そして琴音は誰よりもその水重を敬愛していた。

琴音が水重に再会した時、何を伝えたいのか、何を訴えるつもりなのかまでは分からない。

しかし今の琴音では水重は歯牙にもかけないであろう。

祐人は三千院水重を完全に理解しているわけではない。

だが感じるのだ。

水重は能力者の中で能力者というものをこの上なく体現した存在であろうと。

それ故に水重の行動原理は常人には分からない。祐人にも分からない。

（もし琴音ちゃんが水重さんを見つけ出したとしても同じ精霊使いの水重さんの領域内では何もできず言葉すら交わせず）

殺される。

その可能性を祐人は感じている。

琴音には言えないがそれぐらい得体のしれないところがあった。

三千院水重をくくる枠が思いつかないのだ。

（あの人は自分が何者であろうことですら重要ではないのかもしれない。あの人の見る先は遠く凡人に測れるものではないのだろう）

祐人は水重と琴音の再会はどういうものになるのか、と心配してしまう。

（ただあの時、水重さんは毅成さんに〝四天〟を見たか、と聞いていた。あれは一体、何のことなのだろうか）

祐人はそこまで考えて思考を切った。

自分がしてあげられることといえば琴音が望んでいるだろう兄との対話を可能にする状態にするくらいだ。

そのためには超級能力者である水重の領域に耐えうる力の身につけ方、これを教えてやらなければならない。

琴音は水重の居場所を知れば迷わず水重のもとへ飛び込んでしまうだろう。であれば少しでも強くなってもらうことしか方法はないのだ。

「お兄さん、もういいわ。修行を再開しましょう」

帰ってきた秋華たちが祐人に声をかけた。

「うん？　休憩はいいの？」

「いらないわ」

「私もいらないです」

二人の強い眼光を受けて祐人は頷いた。

「分かった。じゃあ、始めようか」

祐人はそう言うと再び二人に座禅を組ませて領域の形成を指示した。

祐人は二人の領域を確認し次の修行の説明を始めた。

「さっき二人はどのような状況でも自分の領域を維持することを学んだ。これはどんな時でも忘れては駄目だ。その上でもう一つ領域の意味を知ってもらう」

祐人の淡々とした説明に秋華も琴音も頷く。

「領域とは己そのものだ。領域を保つということは己を保つということと同義。さっきそれを知ってもらった。じゃあ、次の段階だ」

言うや否や祐人が領域を形成し、先ほどと同じく秋華と琴音をその内におさめる。

「……!?」

「グウッ！」

祐人の領域に圧し潰されぬように二人も己の領域を強固にする。

「うん、よし。僕の領域に呑み込まれなかったね。今、二人は修行のスタートラインに立った。これでようやく今回の修行の目的が言える」

眉間にしわを寄せて抗っている二人に構わず祐人は伝える。

「能力者の強さの根源は魂と精神力にある。霊力と魔力、そして仙氣も同じだ。この土台作りが能力者の地力を高める唯一の方法。スキルとは本来、その表層にすぎない。それを知ってもらうのに一番良い修行方法はこの領域と考えた」

こう言いながらも祐人の領域は徐々に強化されていく。そのため秋華と琴音は己の領域の更なる強化に集中せざるを得ない。

「では二人に聞くよ。領域とは自分だ。では相手の領域とは何？」

「何よ、その質問は！　なぞなぞじゃないなら、そのまま相手自身に決まっているでしょ！」

必死に祐人の領域に抗いながら秋華が答える。

「その通りだ。その通りだけどそれ以上のことを考えてほしい。領域がその人自身と同義であるなら、だ。領域と領域がこうやってぶつかり合っている状況はどんな状況と似ている？」

「それは喧嘩とか議論とかでしょうか」

琴音の回答に祐人は頷いた。

「そう、それに近い。領域とは我の塊だ。リアルの人間関係で言えば我のぶつかり合いをしているようなもの。今、この状態は互いが主張しあって相容れない状況だよ。まあ精神の削りあいをしている感じかな」

祐人がニッと笑うが秋華と琴音は露骨に不愉快そうな表情を見せる。

しかし祐人はそれを無視して言葉を続ける。

「で、あるならだ。相手の領域内に入るということは相手の懐に入ることと同じだと思わない？　そこには相手の意志や考えが詰まっている」

「それはどういうこと？　お兄さん」

「それを今から教える。先にアドバイスしておくけど領域の基本を忘れないでね。そうだね、意識を保てたら合格としようか。いいかい？　吐こうが呻こうがこの修行は意識を保てるようになるまで終わらないから。気を失ったら水でもかけて目を覚ましてもらう」

「なな！　何をする気なのよ！」

「何って修行だよ」

「うう、分かりました、堂杜さん。それで本当に強くなるのなら私はやります」

「あはは、なるのかな？　まあ、それは二人次第だね」

祐人にしてはいい加減な回答に琴音は目を見開く。

こちらは少しでも気を抜けば今にも祐人の領域に潰されそうな状態なのだ。

それで自分次第と言う祐人の神経が分からない。

「私はお兄さんを見誤っていたよ！　腹黒！　鬼！」

「鬼なんてそんな可愛いものじゃないよ。今の僕は二人が今まで出会ってきた人間の中で最低最悪の経験をさせる人間だ。僕と出会ったことを心底後悔するくらいにね。じゃあ、

雑談は終わりだ」

祐人の目が光り仙氣が全身から噴出すると領域内の圧力がさらに増した。

「さあ、僕と精神力のみで戦ってもらう！　領域の外郭の壁を消して！　僕の領域を自分の領域の濃度だけで抗ってみせるんだ！」

祐人は有無をも言わせず命令する。

祐人の指示に二人は驚くが、考える間も与えられず領域の外郭を祐人の強烈な領域の嵐に吹き飛ばされた。


秋華と琴音の顔色が変わった。

修行の最初で学んだ相手の領域と交わらないための外壁がなくなり、祐人の領域と二人の領域は直接触れ合い交じり合う。

「あぁあ！」

「ふぐぅ！」

（こ、この感覚はさっき無防備な時にお兄さんの領域に感じたものだわ。気持ち悪くて不愉快極まりない！）

（気持ち悪い、嫌な感じです。まるでこちらを全否定してくる身勝手で理不尽な悪意のよ

うな！）

全身に不快感と恐怖、そして腹立たしさをＭＡＸにした感情が二人に湧き上がる。

「これが殺気だよ。イラッと来るでしょう。君たちを亡き者にしようとする連中の領域は大体こんなもんだ。よく覚えておくといいよ。そのうちに領域外からの殺気にも気づくようになるから。それと殺気の隠し方のヒントにもなる」

祐人は苦しみ悶えながらも何とか意識を保っている二人に説明する。

「ここからはこれより質の悪い相手が来た場合を教える。君たちを恨み、妬み、見下す、もしくは人の生そのものを許さない連中だ。こういう相手には君たちの気持ちや想い、事実や真実など関係ない。そう思ったからそうしている、そういう人の道を外れた連中。あ、それがスタンダードの連中もいるね、知っているかな？　魔の者たちを。じゃあ、いくよ」

（魔の者？　デーモンやデビルのことを言っているの？）

秋華がそう考えた直後、祐人の領域から受ける感触が変わる。

不愉快であることは変わらない。だが鋭く刹那的な感触ではない。

もっと陰湿でしつこく絡んでくるような感覚だ。

撥ね除けても、撥ね除けても自分を追いかけてくる。そして放さない。

気色が悪い。とにかく気色が悪い。

まるでこれこそが人の持つ暗部の塊のようだった。

しかも目を通して、肌を通しての情報ではない。

一度、頭でかみ砕く時間を与えられない。

領域を通しての情報は直接、脳や心に干渉してくるかのようだった。

人の持つ悪なる部分に触れると二人は吐き気がこみ上げてくる。

まるで残虐で凄惨な現場を見てしまったかのような気分の悪さ。

（これが人の持つ闇）

（これだけの悪意を人間が持てるんですか）

顔面蒼白になった秋華と琴音をしり目に祐人の形成する領域は天井知らずに強まっていく。

理不尽で無慈悲。それはとにかく自分勝手に主張だけをしてくる。

心を削られて少しずつ二人の領域は弛み、祐人の領域に浸食されていく。

こちらが弱り引けばさらに気が削がれるほどの受け入れがたい圧力が心を直撃してくる。

それは言うなれば。

正しいのはこちらだ。

お前は間違っている。

こちらの言うことを聞いていればいい。

お前は役に立たない。

いらない。

取るに足らない。

邪魔だ。

こういったあらゆるネガティブな情報が一緒くたに攻め込んでくるのだ。

秋華と琴音の二人は「違う！」と反論する。

しかし、それはまったく揺るがず、さらに強い圧力で主張してくる。

自分より常に上から、強制的に、何を言っても耳を貸さず、さらに否定に否定を重ねてくる。

「もうやめて！」

「こ、こんな……こんなものが」

耐えられなくなった二人は咄嗟に耳を塞ぐ。

しかし、そんなものでは消えない。

直接、心に訴えてくる、いや、押し付けてくる。

二人の目に涙が浮かんだ。

最初はこれに抗っていたが今はその力を奪われ、無力感が己を支配していく。

すると二人は何もない真っ暗な空間に包まれる。

気づけば自分たちの前に能面のような顔をした祐人が立っていた。

「秋華さん、諦めれば？　何故、幻魔降ろしの儀を受けるんだよ。今受ければ間違いなく失敗して君は死ぬよ。暴走して終わりだ。君が何を考えていようと結果はそうなる。周囲に多大な迷惑だけをかけてね」

「な……!?」

「琴音ちゃん、水重さんに会ってどうする気なの？　本当は分かっているでしょう。たとえ会っても何も変わらないって。何を伝えようと琴音ちゃんの言葉は水重さんには届かない。だって水重さんは君のことなんて視界にすら入っていない。言葉を交わす価値すらないんだからね」

「……っ！」

秋華と琴音は目を見開く。

何かを言いかける口が止まり、体が震えだす。

今あるのは絶望と無力感のみ。

何も言い返せない。何も反論できない。

祐人の言うことはどこかで分かっていた。知っていた。そうなるんじゃないかと。

秋華と琴音は視点も定まらず何もない空間で力なく両膝をついた。

（そうよ……私は黄家の厄介者。身に余る才能という名の呪縛に抗うこともできず、お兄ちゃんの尊敬した文駿さんを殺したのは私。それでお兄ちゃんを威勢がいいだけのはりぼての強さにしがみつかせたのも私。すべては私のせい。だから私はせめて誰にも迷惑をかけまいと、小賢しい考えで自分の死に方にすら保険をかけた。でもこれはただ自分の罪悪感を消したい一心の行動。結局、私は何もできずに自分ばかり）

（私は価値のない人間だった。名家に生まれ自分の環境を悲劇と思い、でも無力な自分ではどうしようもないとその環境を受け入れた。受け入れる以外の選択肢がないと諦めたの。でもそのくせどこか救われたかった。だから愚かな私は兄に傾倒した。強く、揺るがず、孤高で崇高な存在に憧れた。でも違った、それは無力な私が作り上げた幻想だった。そうすることで自分を守ろうとしただけ。可哀相な私を慰めるために）

空間の中で二人の存在が曖昧になる。

相手の否定的な主張に呑み込まれ、自分がどこに立っているのかももはや分からなくなってきた。

その時だった。
どこか遠くから声が聞こえた。
「……か……やろう！」
よく聞こえない。
だがその声色は怒っているようで、切実で、優しいようで、厳しかった。
「馬鹿野郎！」
今度は確かに聞こえた。
秋華と琴音がわずかに意識を取り戻し、薄く目を開ける。
するとその前では祐人がこちらを見つめていた。
（お兄さん？）
その顔は印象的だった。
表情は厳しい。修行を始めるときのままの表情だ。
しかしその厳しさの中に祈りのような、待っているような、雰囲気が混ざっている。
心配なのに、今すぐ手を差し伸べたいのに、それはしない。敢えてしない。
それは……。
自分たちのためだ、と何故か分かってしまう。

（堂杜さん！）


これは視覚情報だけではない、闇深い領域の奥の奥にある祐人の本心。

それをこの時、二人は垣間見てしまった。

まだ否定的な主張は消えていない。

しかし小さな、祐人のごく小さな声、気持ちが聞こえる。

馬鹿野郎！　負けるな！　受け入れるな！　相手に主張し返せ！　正しい！　君たちは正しい！　わがままで何が悪い！　何かを求めて何が悪い！　状況も環境も悪いが何だ！　それは君たちのせいじゃない！　他人にとやかく言われるな！　否定してくるならそれ以上の否定で返せ！　論破しろ！　認めさせろ！　認めないなら圧倒しろ！　手放すな！　欲しがれ！　そして示せ！　それが君たち黄秋華と三千院琴音だと！


二人は顔を上げた。

その目に生気が宿る。

ついさっき伝えられていた領域の基本を完全に忘れていた。

祐人は言っていた。

「我を通せ」と。

それはただ自己主張するだけと考えていた。

だが違った。

領域とは自分自身。他人自身。

つまり領域を強くするには圧倒的な自己肯定と揺るがない意志が必要だったのだ。

途端に秋華と琴音の領域が祐人の領域を押し退け始める。

秋華は不敵な笑みを浮かべ、琴音は今までにない自信に満ち溢れた表情になった。

しばらく互いの領域が拮抗状態になると祐人は領域を解いた。

すると、祐人は苦虫を噛み潰すような顔で頭を掻きながら口を開いた。

「ごめん、今の修行なんだけど失敗しちゃった」

「は⁉」

「え⁉」

「いや、二人のせいじゃない。僕が駄目だった。僕は本当に……駄目な奴だよ」

言っている意味が分からない二人は、トホホと項垂れている祐人を見つめてしまうのだった。

◆

深夜、琴音は秋華の大きなベッドの上で今日の修行のことを考えていた。

あの後、祐人は厳しい表情を崩さずに自分たちを見つめてきた。

「今日の修行は終了。明日も朝食後から始めるからそれに備えるように。それと考えることも修行だ。今日の修行の意味をよく考えること。これに関しては二人で話し合ってもいい」

そしてそう言うと、その後は何も語らず、先に帰ってしまった。

互いに顔を見合わせる秋華と琴音だったが、仕方なく二人とも屋敷に戻り順番にシャワーを浴び軽い夕食をとった。

「駄目だわ、お兄さん、何も言ってくれない。ただよく休んで明日に備えろ、としか言ってこないよ」

秋華が戻ってきた。

事前に言われていた通り、祐人は秋華の部屋のドアの前で過ごすつもりらしくすぐそこにいるのだが、今日の修行について何を聞いても取り合ってくれないのだ。

「もう！　何をあんなに落ち込んでるのよ。それにまた鬼教官モードになってるし！」

プンスカする秋華だが琴音は考え込むように俯いた。

「そうですか。ではあの時、堂杜さんが失敗したと言っていたのはどういうことなんでし

ようか」

「うーん、分からないけど、やっぱり私たちを助けちゃったことを言っているんじゃないかな。鬼教官モードになっていたし、自力で解決させようとしていたのに手を差し伸べちゃったからね」

「やっぱり、そうですよね」

それはそうだろうと琴音も想像はしていた。

しかし本当にそれだけかとも思ってしまい琴音は考え込む仕草をする。

「うん？　他に何かある？」

「あ、いえ、分からないです。ただあの時の堂杜さん、普段からは想像できない怖さがありました」

「そうね……あれは本当に怖かったわ。今、思い出しても気分が悪くなりそうなくらい」

「はい、人の持つ闇を体現されたかのような感覚でした。私も思い出すと手の震えが止まりません。正直あの時、堂杜さんの心の内が見えなかったら自分を奮い立たせることはできなかったと思います」

「お兄さん、何だかんだで結局、優しいのよね。私たちが苦しんでいる姿を見て耐えきれなかったんだよ。それで私たちを励ますような意識が思わず強く出て、それが伝わって来

ちゃって、私たちが突破して、結果としてこれが修行の内容にそぐわなかったんだ」

「はい、堂杜さんはとても優しい……そして強いです。ですが本当にそれだけでしょうか」

「え？」

「私、堂杜さんの言っていたことを考えていたんです。堂杜さんは能力者の地力を上げる、能力者の力の根源は精神力と魂にある、領域とは我の塊、我を通せ……これを何度も言っていました」

「だからそれは相手の領域に負けない領域を形成させることを目的にしてたんでしょ。そうすることで結果的に私たちの精神力を鍛えたかったんだよ。あれを撥ね除けるにはこちらの我が呑み込まれない精神力が必要なんだから」

「はい、これを乗り越えればそれだけでもタフさは手に入ると思います。でも堂杜さんの話を思い出すと目的は精神力と魂を鍛えることだと思います」

「それってどういうこと？　タフさと精神力は一緒じゃないの？」

「ごめんなさい、分からないです。変なことを言ってすみません、私がちょっと深読みしすぎているのかもしれないです」

「ううん、いいのよ。そういえばお兄さんも修行のことをよく考えろって言っていたわ。これも修行のうちなのよ。でもじゃあ失敗したって……何なのよ」

この点、二人は素直だった。祐人に師事すると決めたからにはついていくしかないと考えているのだ。修行中に祐人を一瞬、怒りで疑いそうになったが、祐人の心の内を感じ取りそれは完全に消えた。

もちろん、以前から想像以上に祐人を信頼していることが大きいとも言える。

「うーん、もう！　混乱してきた。お兄さんも多くを語らないし！」

「わざと語らないんだと思います。恐らく言葉にして誤解されるのを避けているんです」

そう断言する琴音に秋華は怪訝そうな表情を見せた。琴音の発言の中にただ祐人を尊敬しているから、という理由ではないものを感じ取ったからだ。

「なんか琴音ちゃんはこの修行の意味を掴みだしているみたい」

「あ、そんなんじゃないです。ただこう言ったら何ですが、これは私が精霊使いであることが関係しているんだと思います。私たちは必ず学ぶんですが精霊は世界のすべてを知っている存在だといいます。精霊は常にヒントといいますか、答えや可能性を伝えてくるといわれています」

「うわ、それ凄いね」

「ううん、私は平凡な精霊使いでそんな体験はしていないんです。ただ今回、気のせいかもしれませんが領域の修行をして言葉にならない、なんて言うんでしょうか。要は今、私

が言っていることです」

「……？」

「こんなことは普段の私だったら考えもしないんです。なのに考えてしまう。考えろと言われたからではなくて意識させられる。あと、いつもの私ならこんなことを感じたからといって人に伝えようとせず黙っていたはずなのに今は秋華ちゃんにも伝えたいと思っているる。ごめんなさい、本当、何を言っているか分からないと思うんですけど自分の中に起きていることなんです」

「自分の中に起きていること」

確かに琴音の言っていることは意味不明だ。正直、受け取りようによっては自分に酔った、または変な宗教にでも嵌ってしまった人間のような違和感が琴音にはある。

しかし、これは本人の中に起きたことで他人が分かることではない。

自分だからこそ自分の変化に気づくのだ。

すると何故か、これは疑うべきじゃないと秋華は思う。

（表面的なことじゃない。内に起きた変化。修行が契機になったかもしれない）

「ハッ！」

秋華が突然、目を見開いた。

　そして、琴音の座っているベッドに飛び込むように座ってきた。

　その様子を見て琴音が驚きつつも眉根を寄せる。

「ど、どうしたんですか、秋華さん」

「今、私にも変化があった！」

「え？」

「私はいつも疑うことから入るの。ううん、それよりも疑うことを繰り返すことで物事を考えることがクセになっている人間なのよ。それなのに今、私は琴音ちゃんを疑ってはならないと確信した！」

「それは……？」

「琴音ちゃん、私たちに何か変化が起きている。ううん、そう感じる。これはお兄さんの修行の影響だと思うわ。でも、まだ分からない。これが何だっていうのかしら？　お兄さんの精神力と魂を鍛えるって言う意味は」

　秋華が考え込み始めると、琴音は咄嗟に秋華の手を握る。

「秋華ちゃん、話し合いましょう！　きっとこれに意味はあります！」

「分かったわ。あ、そうだ！　話し合うだけじゃなくて……」

「領域です！」

「そう、領域！　領域を展開しながら話し合いましょう！」

話さずとも考えが一致(いっち)し、二人は驚くがすぐに相好が崩れた。

秋華の部屋のドアの廊下(ろうか)側(がわ)に祐人は座っている。

護衛の意味が強いが、それだけではない。

どんな人間も、たとえ親族でも修行中はここを通すつもりはない。

「……うん？」

この時、部屋から二人の少女の領域が形成されたのを感じ取る。

すると祐人はニッと笑みを零(こぼ)した。

第3章　黄家の承諾

深夜、祐人(ひろと)が秋華(あきはな)の部屋のドア前で座り込み腕(うで)を組んだまま寝息(ねいき)を立てている。

この姿を少し離(はな)れたところから英雄(ひでお)が見つめていた。

英雄はしばらくそうしていたが、結局、何も言わずその場から離れる。

(あいつは何故……ただの護衛として雇(やと)われただけだろうが)

英雄は夕食の後、祐人が秋華と琴音(ことね)に修行(しゅぎょう)をさせていることを告げられたことを思い出す。


祐人が黄家の三人の前で説明を終えると英雄が口を開こうとするのを制し、大威(だいい)が祐人に顔を向けた。

「祐人君、私は君を信用している。しかし何故、このタイミングで秋華に修行をつけさせようというのか。黄家には黄家の修行方法がある。中途半端(ちゅうとはんぱ)に他の修行を取り入れることで秋華の幻魔(げんま)降ろしに影響が出ては本末転倒(ほんまつてんとう)ではないのか」

「そのようにはなりません。僕が行おうとしている修行は能力者としての地力を上げるものです。スキルの扱いに関して横やりを入れるものではありません。しないよりもした方が良いものです」

「何でお前がそんなこと言いきれるんだ！　黄家の修行は【憑依される者】に最適化した修行なんだよ。しかもたった三日でお前の怪しげな修行を受けて何になるっていうんだ。心を乱せば幻魔降ろしに悪影響が出るんだ。部外者のお前が余計なことをするな！」

英雄が祐人を責め立ててくるが、これはいつもの見下しや嫌味とは違う。

英雄の言い分もわかる話だ。幻魔降ろしの儀は黄家が総力を挙げて行うもので黄家の人間にしてみれば非常にセンシティブな問題である。

そこに雨花が祐人の真意を聞いてきた。

「ふむ、祐人君はその修行が必要だと思ったのでしょう？　その理由を教えてくださいな」

「結論から言います。今のままの秋華さんでは【憑依される者】を習得できる可能性が低いと思ったからです」

この発言にピリッとした空気が流れる。

祐人の言うことは黄家への挑戦ともとれるのだ。

つまり黄家当主の下した判断は失敗だ、上手くいかないと言っている。

これには終始、柔和な態度であった雨花も眉間にしわを寄せた。

祐人は敏感に場の雰囲気を感じ取りながらも口を開く。

「まず誤解を解きたいです。僕は黄家の決定に反対していません。僕が大威さんの下した決定に何かを言える知識も立場もないです。ただ僕は僕自身の考えと予想で行動を起こしただけなんです。今回の幻魔降ろしの儀の成功確率を高めるために力を貸したいと思って。ただコソコソと隠れて行っているわけではないので報告をしておこうと思いました」

我慢しきれなくなった英雄がテーブルを叩いた。

「それが余計なことだと言っているんだ！　父上に、いや黄家を侮辱する気か！　部外者のお前が黄家の秘術の話をちょっと聞いて、分かったつもりで調子に乗ってるんだろう！　秋華のことは俺たちが一番分かっているんだ！」

英雄の激高について大威も雨花も何も言わなかった。

それは英雄の言っていることが皆の代弁でもあるからだった。

「それは英雄君の言う通りです。僕に秋華さんのことや【憑依される者】の成り立ちなどは皆さんより分かるはずもありません。先ほど英雄君が言った黄家の修行が【憑依される者】の習得に最適化されているのも間違いないと思います」

祐人のその言葉を聞くと大威は祐人を見つめた。

わずかな時間ではあったが大威は祐人の今までの言動を思い返し、また自身の命を救った行動も含めてこの少年が分をわきまえずに己を過信するような人間ではないと考える。

大威はもうこの少年をこの上ない強者として認めている。

強者とは机上で話をしない。

客観的な知識があり、その上で己に裏付けられた経験と能力によって判断する。

「ふむ、分かった。君が今回の幻魔降ろしの儀に茶々を入れたい訳ではないことは信じよう」

「父上！」

「では改めて聞こう。何故、秋華に修行を施そうとしたのだ。それでどんな修行を受けさせ、何を会得させようというのか」

「はい、その前に僕の考えと推測を述べます。まず秋華さんの【憑依される者】に関する才能はここにいる誰よりも上にいくものと思いました。理由の一つに秋華さんの持つ霊力の量が尋常ではないことが挙げられます。ですがそれ故に問題が生じたのではないか、と」

一瞬、大威たちは口をつぐむ。

だがすぐに大威は頷いた。

「ほう、その通りだ。やはり、それくらいは勘づかれてしまうな。秋華の才気は隠しよう

もない」

「【憑依される者】はかなり変則的で特別な能力で、僕にはメカニズムも皆目見当がつきません。ですが契約者の能力に近いところがあると思っています。ですので抱える問題は契約者のものと類似すると考えました」

契約者とは人外を降臨させて決して破られることはない相互補完の契約を行う能力者たちのことを言う。もっとも分かりやすい例では蛇喰家などが有名で花蓮がそのうちの一人となる。

祐人自身も契約者と言えるのだが、祐人のは例外中の例外と考えた方がよい。

大威たちは祐人の説明を無言で聞いている。

祐人の言っていることはさほど大したことではない。

実際、それくらいの考察は多くの能力者たちがすでに言っていることだ。

「考えるにまず秋華さんの抱える問題は精神力、支配力が弱いことではないかと思いました。そのため強力な高位人外が憑依した際に制御できずに暴走してしまうんだと」

大威は否定も肯定もしない。

この少年は秋華が暴走しているところをすでに見てしまっている。

これぐらいのことはすぐに気づくだろう。

「祐人君、あの子には十分に修行を積ませている。暴走が唯一のリスクだが秋華がそれで死ぬことはない。これも優秀すぎるが故だ。【憑依される者】を操る黄家の血は秋華を守る。その後に制御できるように慣れさせればいい」

　この大威の言に祐人は目を細める。

「大威さん、それは本心でしょうか」

「どういう意味かね？」

「契約者や召喚士の中には身に余る人外をリスク覚悟で呼び出す者たちがいました。彼らの負うリスクは大きく分けて二つです。一つは分かりやすく命です。肉体ごと喰らい術者自体を霊力や魔力ごと触媒とし、力を貸す見返りにする」

「ふむ、それは聞いたことがあるが黄家の人間には無意味な議論だな」

「はい、黄家の【憑依される者】は異常です。どういう理由かは分かりませんが自身の内に人外を憑依させても肉体を奪われない。ですが精神や魂はどうでしょうか」

「それが二つ目のリスクというのだね？　だがそれについても無意味な議論だな、黄家である限り」

　祐人は一つの疑問が晴れた。

　それで大威は秋華の幻魔降ろしの儀を強行したのかと合点がいった。

「なるほど、精神や魂についても決して喰われることがないのですね。【憑依される者】はすごいです、本当に。とんでもない術です」

（ということはやはり術を完成させなければ、黄家の人間は死ぬかそれ以上のリスクを負うんだろうな）

と祐人は確信した。

でなければ幻魔降ろしの儀を急ぐ理由がない。

ここで英雄が静かに、だがわずかに震わせた声を上げる。

明らかに怒りだけではなく殺気が漏れ出ている。

「おい、堂杜。お前は何を言っている。勿体ぶった言い方で結局、黄家の【憑依される者】の秘密を暴きたいだけか」

「違う、英雄君。僕は【憑依される者】に興味はないよ。あるのは秋華さんの存在を守ることだけだ」

「俺を騙せると思うな。俺はお前のように知ったような顔をして近づいてきた奴らをよく知っている。そいつらは皆、お前のようなことを言うんだ。俺たちのためだってな」

「僕はそいつらとは違う。じゃあ、本題を言うよ。僕の推測も含めてすべて言う。皆さんはそれに対して返答する必要はないです。その代わり僕に対しても質問は無しにして欲し

い」

「お前は何様だ。何が目的でそんな戯言を吐く」

英雄が腰を浮かそうとした。

明らかに戦闘態勢に入っているのが分かるが祐人は引かなかった。

それでいて決して防御態勢もとらない。

祐人にしてみれば戦いに来たのではない。説得をしに来たのだ。

「目的は一つ。僕が秋華さんに修行をつけることを認めてほしいだけです」

祐人と英雄の視線が絡み合う。

ここで英雄は内心、ハッとする。

(またこの目だ)

英雄が知る確固とした意志を持っている人間の目。

まさに文駿が死の間際に見せた目だった。

「いいだろう、祐人君。では言ってみなさい。納得のいくものだったら君の行う修行に関して何も言わない。だが有害と思えばすぐに止めてもらう」

大威がそう言うと祐人は頭を下げた。

英雄は無表情のまま何も言わずに再び椅子に体重を預ける。

珍しいことだが英雄は祐人の話を聞きたくなった。

気になったのは修行の内容ではない。

祐人が先ほど言った「その代わり僕に対しても質問は無しにして欲しい」という部分が引っかかったのだ。何故にそれを条件として付け加えてきたのか。

それとも一つ。

文駿と同じ目をする祐人に困惑している自分を落ち着かせる時間を与えたかったのだった。

「これから僕らが考えたことや修行をすることを思いついた経緯をすべて話します。少し話が長くなるかもしれませんが許してください。その方が黄家の方々に信頼されると思うからです」

「僕ら？　祐人君、君以外に今回の修行を考えた者がいるのかね？」

「はい、ニイナさんです」

「ほう、彼女も能力者だったのか。そうは見えなかったが」

「いいえ、大威さん。彼女は能力者ではありません。ですが状況の把握に優れている優秀な僕の友人……いえ、今はマネージャーです」

「ふむ」

大威は頷くが英雄などは舌打ち交じりに「素人に何が分かる」と呟いた。

「まずですが黄家の修行とは主に人外を受け入れる器の拡大、強化をするというものではないでしょうか。またそれに加えて感応力や交信する力を高めるものが中心と考えました」

祐人はそう切り出した。もちろん誰も反応しない。

「次にリスクです。思いついたのは三つ。といっても大威さんに教えてもらったことなどを加味すれば誰でも思いつくものです。一つは降ろした人外に肉体自体を喰われる。もう一つは精神を乗っ取られる、というのはすぐに僕は考えました」

「ふん、頭が悪いのか？　それはすでに」

「はい、否定されました」

英雄が言うことに祐人は頷く。

「それで三つ目は何かしら、祐人君」

「もう一つはニイナさんの憶測です。幻魔降ろしの秘儀を一五歳前後までに実施しなければ何らかのペナルティがあるのではないか。例えば人外から身を守る加護のようなものが消える、とかです」

大威、雨花、英雄は表面上無反応だが三つ目のリスクを語られた時、英雄はテーブルの下で拳を握った。

「これは彼女の幻魔降ろしの秘儀を強行する点に違和感を覚えての推察です。ですが幻魔降ろしの秘儀も行うことが決まっています。僕らの考えるリスクはすべて消えました」

「はん、何を言うかと思えば。それじゃあ、お前自身でお前の修行を行う理由を否定しただけだろう。時間の無駄だったな」

英雄がそう言うと祐人は首を振った。

「いえ、やはり僕の提案する修行は有用な可能性があります」

「もういい！　お前らのこじつけの理屈なんぞ何の価値もないのが分からないのか」

「そうかもしれない。ですが僕らは先日の秋華さんの暴走未遂の時に四つ目のリスクがあると感じとりました」

「まだ言うか！」

「英雄、黙りなさい。最後まで聞く約束だ。聞けばニイナ君も中々に面白い。何よりもこの二人は秋華のために考え抜いてきたのかもしれん。それで祐人君、四つ目のリスクとは何かね」

大威が英雄を制し英雄は浮きかけた腰を下ろして腕を組んだ。

祐人は大威に頭を下げる。

「大威さん、ありがとうございます」

（お礼を言うとはな。あくまで自分たちの考えを押し売りする気はないということか）

「まずは四つ目のリスクを掘り下げた経緯です。それはニイナさんが指摘したことでした。リスクがなくなった状況であるなら黄家、孟家の方々の行動は明らかに大袈裟なんです。また、俊豪さんが幻魔降ろしに合わせて呼ばれている点もこれに拍車をかけます。彼女が言うには、えーと、動学的整合性？　がないと言っていました。明らかにリスクがないと考えている人間たちの行動でないと」

「まあ、ふふふ」

　この発言に雨花は微笑む。

「考えてみると、なるほどとなるのですが僕はそこまで思いつきませんでした。彼女は僕よりも第三者の視点で冷静に判断できる人なのだと思います」

　雨花が微笑んだことから場が若干和んだが、祐人はここから真剣な表情になった。

「ここからが本題です。僕はニイナさんに言われてあるはずのリスクを考えていました。そこでどうしても引っかかるのはやはり秋華さんの精神力、支配力が弱い点です。つまり精神を乗っ取られてしまうことです」

「だが、それは否定したはずだが」

「はい、そうです。黄家としてのリスクは否定されました。ですが秋華さんとしてのリス

クはあります」

「む、どういうことかね」

「大威さんが仰ったのは〝魂や精神は喰われない〟ということです。ですが〝同化〟に関してはどうでしょう」

途端に場の空気が変わったことを祐人は感じ取った。

大威たちの体から噴出する気迫が祐人の皮膚を撫ぜる。

だが祐人は話し続けることを止めない。

「人外は例外を除いてほぼ神霊体です。つまり精神、魂そのものです。ましてや高位の人外ともなればそのエネルギーは途方もない。それを体内に内包して術者に何の影響もないのはやはりおかしい」

祐人は大威の視線を受け止める。

「もし自我の境界線がなくなり、人外と混ざり合えば魂が喰われなくとも秋華さんは秋華さんではない何かに生まれ変わります」

祐人の眼光が鋭さを増し、今度は大威たちを見つめ返す。

「感応力が高すぎる秋華さんが神霊体の自我に直接触れた場合、強烈な宇宙の智が秋華さんの魂を覆います。そしてもし同化した時、新たな自我はどちらの自我を主成分に構成さ

れるのか、僕には想像できます」

一息つくと祐人は黄家の人間たちを見回した。そして仙氣を体中に巡らせる。

仙氣とは何物にも囚われない。己自身に宿る生命力の根源だ。

生命力とは寿命のことだけを指すものではない。個としてこの世界に存在する力であり、全となるこの世界で自由に行動し考える力の根源なのだ。

人間は魂という高次元の本体を低次元の肉体に詰め込んでいるために力の根源の使い方を忘れてしまっている。

仙道使いの修行とはこの叡智を知る、いや、すでに魂が知っていることを思い出す作業を繰り返すことに他ならない。

つまり仙氣がより高みに昇華されていくと祐人は世界をより明確に見ることができる。

「己が何たるかを分かっていない、周囲ばかりを気にかけている今の秋華さんは人外の魂にすら気を遣ってしまうでしょう。それがどんなに悪しきものでもです。それが彼女の選択なら問題ありません。ただ今の秋華さんではそれを選択できない。僕はそれをどうにかしてあげたいんです」

祐人の存在感が増していくのを大威、雨花、英雄は見てとる。明らかに何かしらの能力を発動しているのは英雄にも分かる。

だが不思議と警戒心は湧かない。

(何だ、こいつは。これは霊力でも魔力でもない。何の力だ？　しかも俺はこれを知っている、と思う。どこかで見たことがある気がしてならない。一体どこで)

英雄が内心、驚愕の目で祐人を見つめ記憶の中に祐人を探す。だが見当たらない。

(たしか新人試験にもこいつは来ていたと言っていた。でも俺は知らない、覚えがない。それは本当か？　相手にするレベルでなかったとしてもこれを俺は気にもとめなかったのか？)

「聞いてもいいか。君は【憑依される者】を何と捉えた」

大威の質問の意図は分からない。だが祐人は自分の辿り着いた答えを正直に話した。

「【憑依される者】は人外を己に降ろしてただ力を借りる術ではありません。おそらく決して人外に喰われない加護か古の約束を携えて、己を通して人外を知り、人外の力と自分の力を交換するんです」

「それでは秋華のリスクは何だ」

「一言でいえば魅力です。本来、同化は人外にとってもリスクです。人外も人間ごときと同化などしたくはありません。プライドの高い高位の人外であれば尚更です。ですが秋華さんはそれをしてもいいと思わせる感応力と魅力を持っている。さらには自我が弱いこと

を見透かされてしまっている。ということは同化しても自我のほとんどに自分のものが残る。何の手段も代償もなく現世にとどまることができる。神話や伝説の中の存在ではなく己をこの次元でアピールできる。これに惹かれる人外は想像以上にいるでしょう。つまり秋華さんのリスクは黄家のリスクではなく秋華さん独自のリスクです。だから黄家にはこれを解決する方法がないし分からない」

「……ふむ。では改めて聞こう。君の修行とは何だ」

「僕がしたいのは己を線引きする力です。自我を強くする。自我の境界線を強力なものにする。それは己の魂を思い出すことです。つまり今までの黄家の修行とは逆。感応力と共感力を育てるのではなく、自我の強さを人外に意識させるんです。そうすることで同化する意義を見出させない。厄介でタフな相手だと分からせて契約交渉、いえ幻魔降ろしをする」

「君にそれが出来るのか。何故、君はそれを思いつく」

「僕個人への質問はなしと言いました。ですがこの点についてのみ答えます。仙道の修行がまさにこれを解決できると考えました。仙道とは相手を見てこの世界を知るのではありません。己の魂を通じてこの世界を見るんです。本来これは多かれ少なかれすべての能力者の誰もが通ること。かつての能力者は地力を上げるためにこの修行は必須だった。しか

し、黄家はこの修行をしていない。する必要がなかった。【憑依される者】が強力過ぎたんです」

英雄はこの祐人の発言に目を見開いた。

（仙道だと⁉　そうか、さっきのは仙氣か！　ということはこいつはまさか、仙道使い⁉）

仙道使いは有名な割に出会うことはほとんどない。

それがまさか目の前に、しかも自分の同期である少年が仙道使いだと言う。

英雄の驚きと怒りが珍しく自分に向かう。

英雄は自分と力で張り合える者以外に関わる気もなければ意識する必要もないと考えてきた。また祐人には四天寺の大祭のこともあり認めたくない気持ちが強すぎて蛇の襲撃の際に見せた祐人の能力を正当に評価しなかった。

（こいつは恐らく強いだろう。いや間違いなく強い。それを俺は個人的な感情も含めて取るに足らない人間として扱おうとしていた）

英雄にとって強さとは特別な意味を持つ。そのため祐人の実力を低く見積もったことを反省する。この意味で英雄はただ傲慢なだけの少年ではなかった。

しかしすぐに思考の方角が変わる。

（何故こいつは自分の強さをアピールしない？　自分を侮った人間を叩きのめさないいんだ。

強さを見せつけなければ強くなった意味はないだろう。何故、こいつは)

この点がどうにも納得できず英雄はイライラが沸々と湧き上がる。

英雄の脳裏に文駿の顔が浮かぶ。

〝英雄君、強くなってください。君が強くなればなるほど僕の生きた事実が彩を増すから〟

(こいつは強いくせに、何故)

英雄は祐人の【憑依される者】の術の考察よりも、このことに意識が集中していた。


祐人は大威に体を向け先ほどの修行の結果を伝える。

「今日、ここに来る前に秋華さんたちに領域の修行をつけましたが及第点の成果は出ませんでした。それは二人の才能、共感能力が僕の予想をはるかに超えて強かったことが原因です。領域の中から相手の考えを感知したことは驚愕でした」

「ほう」

祐人の報告に大威が興味深そうに唸った。

しかし祐人は厳しい表情で首を振った。

「ですがこれでは五十点です。もし命を懸けた戦いの相手の場合、敵との共感の強さはリスクになります。ましてや未熟な彼女たちでは尚更です。致命的な判断ミスを起こす可能

性があります」

一瞬、祐人が厳しいだけでなく深刻で余裕の無い表情を見せたのを見逃さなかった大威と雨花は眉根を寄せた。

だが何も言わなかった。

経験豊富な能力者は多かれ少なかれ数々の過去を背負っているものだ。祐人は十分若いのだが実力と実戦での判断力を見れば戦闘経験の多さは隠しきれるものではない。

祐人は大威たちを見まわした。

「大事なのは相手を見る時、自分の領域を通すことです。なのに二人は僕の中にある甘さを感じ取ると救われたと勇気を持ちました。特に秋華さんは顕著でした。共感、という意味では琴音ちゃんよりも格段に上です。これは思うに先ほど仮定した秋華さんの持つ独自リスクがより顕在化したと言えると思います。高位の人外を相手に共感だけでは呑み込まれます」

大威と雨花は「ふむ」とを目を細める。

「僕は時間がないことから荒療治を考えていました。それで命の危険を覚えさせ秋華さんを暴走直前に持っていくことも考えていました。それは恐怖の在りかを教えるためです。その意味で大失敗でした。二人は相手を見てしまう。相手を通して自分を見ようとしてい

ることから脱却していないんです。これでは人外に黄秋華の自我を見せつけられません」

「なっ！　お前、暴走させようとしただと⁉　馬鹿な真似を」

さすがにこの発言には英雄はハッとしていきり立つ。大事な妹への荒療治など英雄にとって許せるものではない。英雄が求めた強さには秋華を守ることも含まれるのだ。

だがここでも大威が英雄を制した。

「祐人君、忠告しよう。その行為は君にとっても命の危険があることを知っておきなさい。それほどのことをしている自覚はあるのか？」

「はい、あります」

祐人は即座に答えた。この返答に一瞬、雨花と英雄は目を見開いた。

その眼には迷いも恐れもないのを見て取ったのだ。

大威はしばし祐人を見つめると本題でもある質問をぶつけた。

「では最後に聞こう。何故、そこまでしてくれるのだ。またはしようと思ったのだ」

大威がそう尋ねると祐人は仙氣を解き、きょとんした表情になった。

「え？　それは秋華さんを救いたいからですけど。ぼくの大事な友人ですから」

「は？」

その言葉を聞くと険しい顔をしていた大威が呆気にとられ、雨花は吹き出し、英雄は固

まった。

大威は雨花と目を合わせる。

「もういい、分かった。秋華の修行は許可しよう」

祐人は何故か笑いを堪える大威に首を傾げたが黄家の承諾を得てホッとしたのだった。

第4章　修行再開

修行二日目。

祐人と秋華、琴音は座禅を組み相対している。

「じゃあ、修行を再開するよ。目標は昨日と同じ。僕の領域に耐えてもらう。ただし一時間だ。一時間を耐えたら次の修行に移る」

「分かったわ」

「分かりました」

秋華と琴音は頷いた。

二人が何も聞いてこず素直に受け入れたことを祐人は意外に思ったがポーカーフェイスを維持して頷く。

「よろしい。想像はしていると思うけど今日のは昨日よりも厳しいよ。では始める」

祐人の領域が展開される。

「くっ」

「ふうっ」

秋華と琴音の顔が歪む。

言葉通り昨日の比ではない。

まるで重力が数倍になったような重苦しさ、気圧が数倍になったかのような息苦しさ、そして何と言っても耐えがたい不愉快さが彼女たちを襲う。

さらにはこれで終わっていない。

まだ強くなる。この時この瞬間も強くなり続けている。

祐人の領域の強度は天井知らずと言わんばかりに高まり続け、自分たちを否定してくる。

「ぐう」

「くふ」

今、秋華と琴音は祐人の圧倒的な領域から感じ取っていた。

〝ここは俺の場所だ！　出て行け！　消えろ！〟

二人はあまりの不愉快さに顔面が蒼白となり胃の内容物が込み上げてくることを抑えられない。

二人とも地面に両手をつき息もままならない様子で視点も定まらずにいる。

（駄目か……）

祐人の領域の中で彼女たちの小さく弱々しい領域は押し込まれ今にも自分の体の中に消えてなくなりそうだ。

当然、昨日のような失敗はしない。祐人の中から希望を見つけることはできない。

祐人は無表情だが心に無力感が湧いてくる。彼女たちに荒行を課していることは承知している。本来、未熟な二人に与える修行ではない。

しかし、乗り越えてもらわないことには先がない。

だから祐人は容赦しない。容赦することができない。

リスクは承知で二人の領域を吹き飛ばし、精神の死直前まで追い込むことも覚悟する。

「だらしないな。だったら僕の領域内で死を経験してみたらいい。己を見出せない者は戦いにおいて存在を許されないことを知ってもらう」

「はあぁぁぁ」

「ひっ」

二人の身目麗しい少女は口から涎を垂らして悶える。

体を震わせ全身から生気がなくなっていく。

祐人はそれを見ていながらも領域を全開に高めた。

まさに祐人の命のやりとりをする際の本気の領域を示す。

ガクガクと筋肉を弛緩させる彼女たちを見つめ、祐人は今、二人が精神世界で何度も蹂躙され、抗うこともできずに死んでいるだろうことを想像している。

理不尽な数々の死、思いつくだけのあらゆる死に方を経験させられているはずだ。


今、秋華は一寸先も見えない暗闇の中にいた。

その暗闇の中を歩いていくと突如、お腹を何かが貫通した。

愕然とし己の腹を摩ると背後から剣で貫かれている。

「こ、これは……」

口から血を吐きつつ背後を振り返ると猿のような男が笑っていた。

何故、こいつが自分を殺すのか、と思うとその男が答えた。

「理由などない。殺したかったから殺した。お前の想いや希望など知らない。俺が叶えたいと思う道にお前がいて、ちょっと邪魔だと感じた。それだけ。けけけ」

さっきもだ。さっきはこいつの運転する車にひかれた。その前は海に沈められた。さらにその前は毒を盛られた。

こいつはただ普通に暮らしているだけなのに自分という存在を排除しようとする。

一体、何なのか。

琴音は今、三千院の従者に殺された。

見れば猿のような顔をした女だ。いつものように着替え、精霊と交信する修行をこなし、一息入れたところで突然、薙刀で頸動脈を斬られた。

「あなたがいると私の気分が悪いの。だって空気が減るじゃない。私の吸う空気が」

そう言って笑い出した。

一体、どういうことなのか。


祐人は動かなくなった二人の様子を確認すると目を瞑った。

(ここまでか。じゃあ、次に移ろう)

ふう、と息を吐いた祐人が目を開ける。

「うん？」

祐人の眉間に力が入った。

というのも秋華と琴音の目が死んでいない。

それどころかこちらを睨んでいる。

その鋭い眼には生者の力が孕んでいた。

(まさか、帰ってきた!?)

る。

祐人は緩めようとした領域を全開のまま維持する。

だが二人の領域は最小のギリギリのところで保ち、頑として祐人の領域を撥ねのけている。

「ふざけんじゃ……ないわよ」

秋華が呟く。

そして大きく目を見開いた。

「ふざけんじゃないわよ！　私の存在を否定する権利は誰にもない！　それを決めるのは唯一私だけ！　私は自分を否定しない。私は誰に迷惑かけようが消えたりしないから！」

するとそれに負けない気迫で琴音が叫ぶ。

「私もです！　誰を尊敬しようが頼ろうがそれが私です！　他人にとやかく言われる筋合いはないです！　いじけても落ち込んでもネガティブでも！　私がした選択は私のものです！　誰にも渡しません！」

秋華と琴音の領域の内側から力強い圧力が形成され、小さくはあるが確実に祐人の領域を撥ねのけ己の場所……領域を形成していく。

祐人は手を抜いてはいない。

むしろ再度、押し込めようとしているが通じない。

祐人は二人に鋭く睨まれて、拒絶されると心が晴れていく。

祐人はニッと笑うも口調は厳しく問いかける。

「二人に聞く。何で今、そこにいる。そこじゃなくてもいいだろうに」

「はん⁉　ここにいて何が悪いのよ！　ここにいたいからいるだけよ！」

「それを決めるのは私です！　答える必要も感じません！」

「じゃあ、あそこに咲いている花は何で存在している？」

「そんなもの知らないわよ！　あの花の勝手でしょう。あそこで植えられただけじゃないの！　でも綺麗なんだからそれでいいじゃない！」

「あの場所しかなかったんです！　花の存在を問いかけるなんて余計なお世話です。でも、それでも咲かせたい気持ちがあっただけだと思います！」

「綺麗かな？」

「綺麗だよ！」

「綺麗じゃないですか！」

「それだけ？」

「それだけよ！」

「それだけです！　それだけでいいんです！」

「怖いわよ！　性格も悪い！　でもそう思ったのは私でお兄さんが気にする必要はないわ」

「僕が怖い？」

「怖いです。とても怖い人です。でも良い人です。ただ良いところが怖いところと通じているんです」

祐人は満面の笑みで二人を見つめた。

心からの喜びで心が躍ったのだ。

（この二人の才能は底が知れない！）

これが素晴らしい才能を秘めた弟子に感動した師の気持ちとは祐人には分からなかった。

祐人は領域を解いて二人に近づき、肩に手を置いて自分へと引き寄せた。

喜びが溢れすぎて祐人はおかしなテンションになり大声を上げる。

「凄い！　二人は本当に凄い！　なんて人たちだよ！」

「え……？」

「あっ！」

「それと馬鹿だ！　今まで秋華さんと琴音ちゃんと関わってきた人間たちは大馬鹿だ！　こんな逸材を殺す気だったのか！　冗談じゃない、二人はとんでもない能力者になる！　取り戻すよ、絶対に取り戻す。いいかい、限界を感じるのはまだまだ先だ」

祐人に抱きしめられ、しかもこれでもかと褒めちぎられて秋華と琴音は驚いたやら恥ずかしいやらで戸惑う。

「ちょ、ちょっと、お兄さん！」

「堂杜さん、あの、その」

「ああ、ごめん！　つい嬉しすぎて興奮しちゃった」

祐人がハッとして二人から離れると秋華と琴音が顔を赤くしている。

「もう、どさくさで抱き着くなんてお兄さん……狙ってた？」

「あ、あの、困ります。あ、嫌というわけじゃなくて」

冷静になった祐人は二人に何度も頭を下げる。

「ああ、本当にごめん！　二人の出来の良さに感動してしまって」

「しかも涙ぐんでるし。お兄さんにそんな熱い部分があるなんて意外だね。でも私たちにそんなに可能性を感じたの？」

「ああ、二人は強くなる。もちろん、これからが大事だけど僕はそれを感じたよ！　でも才能に溺れちゃ駄目だ。これからは……」

「はいはい。ちょっと落ち着いてお兄さん。琴音ちゃんが困っているでしょう」

「あ、うん」

祐人が琴音に視線を移すと琴音は確かに戸惑っているようだった。

(私に才能? 強くなる? そんなこと言われたこともなかったのに)

こんなことは三千院家で言われたことも、そのような扱いをされたこともなかった。

自分で冷静に評価しても自分は精霊使いとして中の下がいいところだと考えていたしそれが事実だろう、と思っていた。もちろん才能についても同じだ。

それを祐人は感動した面持ちで強くなる、と言ってくれている。

「堂杜さん、私に才能なんてあるのでしょうか」

「あるよ、間違いなく」

力強く断言する祐人に琴音は次の言葉が思いつかない。

まだ祐人の評価を受け入れられない琴音の姿を見て祐人は理解したように頷く。

「いきなりこんなことを言われても信じられないかな。僕が二人に見出したのは能力者としての地力についての才能だよ。だから黄家として、三千院の精霊使いとしての、というのは分からないけど」

「地力ですか。改めて言われますと地力ってよく分からないです。それにまだ、その信じられないというか」

「うん、それは次の修行で教えてくよ。次の修行は今までと違って手取り足取りアドバイ

スしていくから、その時にまた考えよう」

祐人が微笑みながら言うと少しだけ自信のついた琴音は嬉しそうに頷いた。

「はい！」

祐人は秋華と琴音を見つめる。

「これまでの修行は能力者として前提条件の修行にもかかわらず、一番難しいところだった。二人ともよく乗り越えてくれた。これで僕が言葉にして説明しても誤解されない。領域とは自分だけのもの。まったく同じ領域を持つ能力者は一人もいない。だから他人がどうこう言って身につけるものじゃないんだ。いや、言うこともできるけどこの短時間では二人の領域に異物が混ざる可能性もある。ぼくはそれを嫌ったんだ」

秋華と琴音は今となっては祐人の言うことが分かる。

「自分にとって自然な状態が最も強い。それを忘れないこと。それが相手にとっても手強いんだ。特に命のやりとりが発生した場合は特にね」

二人は頷く。

実際、先ほどの修行の後半、領域の展開に無理を感じなかった。

祐人と互角というには程遠かったが喰われはしない。何と言えばいいか難しいが自分のままでいられたのだ。それ故に耐えられた。

「ただし才能のある人間が皆、開花するとは限らない。それ相応の努力と個人に見合った修行方法が必要だということは付け加えておくね」

ここでピンと来たように秋華が笑みを溢す。

「じゃあ、お兄さん、これからも私たちに修行をつけてくれる？　もちろん幻魔降ろしの秘儀の後も」

「え⁉　それは二人の家が許さないいんじゃないかな。ほら、名家のプライドのようなものがあるでしょう」

これに秋華が何か言おうとすると意外にも琴音が割り込んできた。

「堂杜さん、私からもお願いします！　私を弟子にしてください！」

「ええ⁉　弟子？」

「三千院の修行だけじゃ駄目な気がするんです。堂杜さんの邪魔はなるべくしません。ヒントだけでもいいんです。もちろん、謝礼はします」

琴音が切実な顔で迫ると秋華が策士の顔になって乗ってくる。

「そうよねぇ、自分を評価していない人に良い修行がつけられるとは思えないもんねぇ。一番評価してくれる人がしてくれるのがいいよね。お兄さん、さっき私たちのこと凄い！って言ってなかった？」

「い、言ったけど」

「お願いします、堂杜さん。何でもしますから」

「ううう……でも」

正直、他家の、しかも違う種類の能力者が修行をつけるなんてことは普通ない。

それにさっき祐人の言ったことは事実で、それはその家の面子にも関わる問題だ。ましてや名門の子女である二人にはその可能性が特にある。

「お兄さん、私からもお願い、私も何でもしますから。背中も流すわ、二人で！」

「いい⁉　そんなのはいらないから」

「だって弟子は師匠の言うことは絶対だもの。琴音ちゃんも何でも言うことを聞くって言ってるし。何でも言ってくれていいのよ。命令すれば何でも聞くよね、琴音ちゃん」

「え⁉　あ、はい。何でもします。お背中も……」

「ちょ、ちょっと変な言い回しをしないでって！　こら、秋華さん、何で笑ってるの」

「いいからぁ、さっきみたいに抱きついてもいいし。あ、お父さんたちに修行で抱きつかれたって伝えておくね。スキンシップも重要な修行みたいって！」

「ひっ！　やめて！　それは悪かったから！」

「弟子にしてくれたら言わないよ。だって師匠の言うことは絶対だし」

「ぐぬう」

「堂杜さん」

「お兄さん」

その後、祐人が承諾するまで時間はかからなかった。

◆

「はい、休憩ね。五分後に再開だから。でも領域はそのままだよ。最小の領域を維持して」

「五分だけ!?　しかも領域展開していたら休めないよ！」

「うん、元気だね。良かった、良かった」

「ちょっ、鬼ぃぃ！」

秋華の文句を祐人はサラッと流す。

「大丈夫？　秋華ちゃん」

「もうギリギリよ。大体、次の修行がいきなり体術の実戦ってどこの熱血バトル漫画よ！」

琴音ちゃんは大丈夫なの？」

「正直厳しいです。足が疲労で震えてしまって」

秋華と琴音が座り込んで息を整えていると祐人がにこやかに近づいてきた。

「じゃあ、二人とも休みながら聞いて。さっきの領域の修行で二人は術発動の基盤が強化された。そうだね、修行で目指しているもののちょっと手前ぐらいにまではきた。本当に凄いことだよ。僕よりも二人は才能があるんじゃないかな」

祐人は頷きながらとにかく嬉しそうだ。

「目指しているもの？　それは今回の修行の目的？」

「僕の師匠の言葉を借りると『不惑』の領域を手に入れる」

「『不惑』ですか」

「そう。これは仙道使いにおける能力を使う際の状態を表している。段階として『守己』（自分の分をわきまえる）、『知敵』（敵の強さを知る）、『知己』（おのれを知る。※この場合、己の未熟さ、欠点を認めること）、『克己』（おのれに勝つ）、『不惑』（惑わされず）、そして『明鏡止水』に至り、最後は『中庸』の悟りを得る」

「うーん、なんか難しいわね」

「最初の方はそこまで意識しなくていいよ。覚える必要もないしね。段階って言っているけど人によって身につける順番が異なることもあるから。ただ『克己』からはどうしてもこの順序かなと思うんだけど、これも僕の思い込みと師匠に怒られたことがあるからいき

なり『中庸』にたどり着くこともあるかもしれない」

「ああ、もう余計、分かりづらいわ」

「あはは、まあとにかく二人には一瞬でもいいから『不惑』の領域に足を踏み入れてもらうことが目標だよ。聞きたいことがあれば修行中にでも聞いてくること」

「お兄さんと戦っている最中にそんな余裕ないよ！」

「不惑の心境であれば殴られているその瞬間でも考えていられるから。考えるといっても頭の中で言葉を弄るものではないでしょう。文章にすれば百行くらいの考えも一瞬で浮かぶ。さあ、休憩は終わりだよ。領域を全開にして」

「ええ！」

「分かりました」

「ただ戦うのもつまらないからこうしよう。僕に一発でも攻撃が成功したらそこで修行は終了してあげる。まあ、今のままじゃ僕に触れることもできないけどね」

「うわ、いかにも熱血バトル漫画だ。お兄さん、そういうのが好きなんだ」

「うっ！　も、もう始めるよ！　逃げるのか、戦うのか、協力するのか、戦いの中から見出してみるんだ。はっきりいって二人は固有スキルが無ければ能力者としては平凡そのもの。口ばっかり達者になっても相手は手加減してくれない」

「何ですって⁉　頭にきた！　琴音ちゃんいくよ！」

「はい！」

（秋華ちゃん、一番乗せられてますよね）

秋華と琴音が領域を全開にして左右から祐人に襲い掛かった。

しかし、当たらない。避けられる。弾かれる。

領域は全開だが祐人の領域に押し込まれて体から数センチのところを覆うのがやっとだ。

「話にならない！　思考を同時に複数動かせ！　僕の動きを研究しろ！　修行の意味を考えろ！　課題と解決策をだせ！　これはすべて一つのことなんだ！」

祐人は軽快な動きで秋華を吹き飛ばし琴音の足を払った。

「だ、駄目、全然当たらない」

「はい……力を出す前にいつのまにか弾かれたり投げ飛ばされます」

「よし、休憩。五分休憩後、もう一度、組手だ」

「ま、まだやるの」

その場に秋華と琴音が腰からくずおれる。

「何を言っているの。今日が終われば明日しかないよ。そんなことを言っている暇があったら考えろ。何故、僕に当たらないのか。隙だと思ったものが隙ではないのは何故か。あ

と、何のために領域の修行をしたんだ。二人とも領域を活用できてない」

「だって領域はお兄さんに押し込まれるんだもん！　広げようとすれば強度が落ちて一気に支配される可能性もあるし」

「そうなんです。私もそれで活用どころじゃないです」

「ふむ、ちょっと考えが横にそれているね。思い出して。領域は自分自身だ。普通の人間が自由に動かせるのは自身の肉体。領域はその肉体が、自分が自由にできる境界線が広がるのと同じだ。それと同時に領域は肉体と違うところがある。それは領域が他人の領域とも重なること」

「分かってるけど……うん？」

「あ、待ってください。そうです。領域は重なるんです。じゃあ何で堂杜さんの領域に押し込まれるんでしょうか」

秋華と琴音が目を合わせる。

「ふう、お水をとってくるよ。帰って来るまではサービスタイムで休憩を延長するから。ああ、喉が渇いた」

祐人は立ち上がるとそう伝え、黄家の屋敷の方へ出て行った。

「ふん、分かりやすく時間なんか与えちゃって。お兄さんって本当、演技が下手だよね」

「ふふふ、はい。でも、さっきの話、考える必要があります。想像ですが堂杜さんはこの修行から事細かに教えてくれますが領域の件については説明が少ないです。ここは自分で気づかなくては駄目だということじゃないでしょうか」

「うーん、そうかもしれないけど、痛たたた、全身痣だらけで考えが纏まらないわ」

「領域は重なるんです。でも押し込まれる。何故なんでしょう。そういえば最初の修行の時は重なっていました」

その話を聞いて秋華もハッとする。

「うん、それであの最悪な経験をしたんだもんね」

二人にしばしの沈黙が降りる。

ふと琴音が顔を上げる。

「あ……領域は自分自身。ということは」

秋華がこれに大きく頷いた。

「そうよ、それしか考えられない。押し込まれたんじゃない。私たちが引っ込めたのね。お兄さんの領域に無意識に怯えたのよ」

「はい」

「でもリスキーな気がする。領域は広げると強度が下がるから、お兄さんの強烈な殺気に……ああ、なるほど！」

「なんでしょう」

「だから今朝、あんな修行をしたのよ！　敵意、悪意、殺意を受けても動じないために。本来は長い修行の果てに手に入れる自信やタフさ、あとお兄さんの言う魂の強さを短時間で手に入れさせようとしたんだ」

「ああ！　じゃあ私たちは領域を数多くのスキルの一つと、以前の勘違い状態に戻ってしまっている」

「そう、怯えてね。領域は自分自身。お兄さんは我の塊って何度も言っていた」

秋華と琴音は互いを見つめて大きく頷いた。

「もういいわ。次は開き直っていくよ。どんな悪意も跳ね返すわよ、琴音ちゃん」

「はい！　次は領域を広げます！　その中に堂杜さんを入れます！」

二人はそう言うとどちらがというわけでもなく瞑想を始めた。

（根性があるね。もっと甘ったれているかと思ったけどそうじゃなかった。それに動きも予想以上。あ、駄目だ、笑みが零れちゃう。ただそれでも高位人外の強烈な自我に対抗す

るにはもう一段、越えてもらわなくちゃ駄目だ）

二人から離れると祐人は二人の才気に喜ぶもあまりの時間の無さに難しい表情を見せた。

修行過程での様々な場合を想定しながら屋敷に向かっていると祐人の携帯に着信が入る。

「あ、ニイナさんだ」

ニイナは今、一時的に黄家から離れていた。理由は黄家及び秋華を襲った連中の情報収集と、実はとある人物に会いに行ってもらっていた。この電話もその状況報告だろう。

祐人が電話に出るとニイナは簡潔に状況を説明してくれた。

「もしもし、ニイナさん？　うん、うん、ああ、じゃあすぐに会えて合流できたんだね」

〝ええ、顔はお互いに知ってましたので問題なかったです。それと明良さんとも連絡が取れてますんで今夜にまた報告しますね。明日にはそちらに帰れます〟

「うん、分かった」

〝それで提案なんですけど明日に大威さんたちとの面談の時間をいただいて欲しいんです。それでそこに参加もしてもらおうと思って〟

「え!?　あいつも一緒に？　それはえーと、大丈夫かな」

〝いえ、本人もその方が説明しやすいと仰ってて。言葉で説明するよりも実際に経験してもらう方が早いと〟

「そうか、あいつがそう言うなら……まあ、ちょっと心配だけど。正体はバレないかな」

〝うーん、素人（しろうと）の私にはまったく違いが分からないのでそれは何とも言えませんが、本人は気にしませんって。細部までは分からないと思うだそうです〟

「まあ、そういうことなら」

祐人は心配であったが、これ以上言っても仕方がないと了承（りょうしょう）した。

するとニイナからちょっとせっつくような言い方で質問が来た。

〝それで堂杜さん、そちらはどうですか？　秋華さんたちの修行は。修行以外でも何かありましたか？〟

「いや修行しかしていないけど、うん、本人たちの才能もあって想像以上に良い感触（かんしょく）ではあるよ。でも」

〝ふむ、修行だけしかしていない……良かったです。相当厳しいものになると堂杜さんは言ってましたものね。さすがに状況も状況ですし、私の心配のしすぎでしたか〟

「え？」

〝何でもありません。それで何か問題でもあるんですか？〟

ニイナはホッとしたような声色（こわいろ）になり祐人に説明の続きを促（うなが）す。

「分かっていたことだけど課している難題に対して結果を出すまでの時間が短すぎる。た

った今もかなり無理な修行をしているし。二人は相当に精神を削っていると思う」

〝そうですか……〟

「でもそれで修行を緩めて、結果的に秋華さんたちに何かあったら本末転倒だからね」

〝二人は大丈夫なんですか？　逃げ出したり文句なり言ってこないんですか？〟

「うん、それが意外と根性があって驚いてる。最初は反発していたのに今は幻魔降ろしの儀が終わった後も修行を続けて欲しいって。かなり苦しい修行を受けているのに」

〝それは意外です。二人とも凄いで……うん？　何ですって⁉　終わった後も、というのはどういうことですか？〟

突然、ニイナの声色が変わったので思わず祐人は携帯電話の前でたじろぐ。

「え⁉　いや、うん、何というか弟子にしてほしいって……」

〝弟子⁉　そう来ましたか！　確かにいい根性をしています。なんていう子〟

まるで戦場にいる将軍が敵に裏をかかれ「してやられた！」と言った時のような声が祐人の耳に響き渡る。

〝そそそ、それで何と答えたんですか？　まさか受け入れたんじゃ……〟

ニイナの慌てぶりに祐人は弟子にしたのはまずかったのか、と返答に困っているとその間だけでニイナはすべてを悟ったようだった。

〝堂杜さん〟

「はい」

〝あなたは片時も目を離すことができない人だと再確認しました〟

「えーと……すみません」

すると携帯越しに大きなため息と「やられたわ」という声が聞こえたような気がした。

◆

修行を再開し祐人は心の内で目前の少女二人に賞賛を送っていた。

（一皮むけた！　たった二日でそれを掴んだ。見事としか言いようがない！）

祐人の圧倒的な殺意を受けながらも怯まずに秋華と琴音は左右から突きを繰り出す。

祐人は難なく右膝と左肘で受ける。

そして二人の拳を掴み手首を翻した。

「きゃっ」

「くうっ」

二人の少女の体が木の葉のように舞い上がり背中で地面に着地する羽目になった。

だが二人はすぐに前転し祐人の追撃を躱す。

「うぷ、気持ち悪いのは変わらない。でも！」

「はい、動けます！」

秋華と琴音はこみ上げる嘔気を感じながらも集中し祐人に食らいついていた。

祐人は二人を睨みつけながらニッと笑みをこぼした。

「どうやら恐怖のありかを知ったようだね。恐怖とは与えられるものではない。自分で生み出している。だけど恐怖は克服するものと思うな！　恐怖を利用しろ。恐怖を警戒に変えて闘いの流れを読む一つの情報とするんだ。能力者はこれらの感度、感覚が優れている人種なんだ！」

秋華と琴音は今までにないレベルの集中力を発揮していた。もちろん、祐人には全く歯が立っていない。だが二人はギリギリのところで致命的なダメージを避けているのだ。

二人は恐怖や焦りの中にも決してブレない芯のようなものを見つけたような感覚だった。

これを見てとった祐人が初めて自分から動く。

秋華と琴音が咄嗟に迎撃の構えをみせるが祐人の踏み込みの加速力、最高スピード、予測力のすべてが二人を圧倒的に凌駕する。

気がついたときには必殺の間合いに入りこまれた。

（え⁉）

（そんな！）

秋華は頭上から振り下ろされる右手刀、琴音は己の首を狙った左回し蹴りを見る。

二人にゾワッと全身を駆け巡るように死の恐怖が襲う。

祐人の手刀と左脚にそれだけの、恐ろしいまでの攻撃圧があった。

片足一本で立つ祐人の二人への同時攻撃は本来の十分な体勢ではない。

だが自分たちを倒すにはそれで十分と判断したのだろうと二人は考える。

そしてそれは事実だろうことも理解している。

（でも……それは何もできなかった場合よ！）

この瞬間の二人は今までとは違った。

この刹那、強大な恐怖や焦燥感と同等もしくはそれを超える冷静さが二人の中に姿を現した。

あたりの木々が衝撃波で斜めに倒れ、多くの木の葉が舞い上がった。

一陣の大風が止むと祐人は口角を上げた。

二人に放った手刀、回し蹴りともに二人の両腕で受け止められていたのだ。

「よくやったね、二人とも。死を前にして目を瞑らなかった。思考が止まらなかった。と

いうことは一瞬だけ〝不惑〟に足を踏み入れたようだね」

祐人が手足を引くと秋華と琴音はジンジンと痺れる両腕を撫でながらその場に腰からくずおれた。

「し、死ぬかと思った」

「私もです」

大きく息を吐く二人を見つめると祐人は微笑した。

そしていつもの穏やかな口調で声をかける。

「今の感覚を忘れないでね。それが常日頃から当たり前に発揮されることが大事だよ」

「こんなの常日頃から発揮される世界なんて嫌よ！」

「あはは、そうかもしれないね。でもどう？　ちょっとは自信がついたんじゃない？　二人は今、死線から生を拾ったんだよ。己で勝ち取った生ほど成長させるものはないんだから」

「どこのハードボイルドよ！　うら若き乙女に変なものを植え付けないでよ、お兄さん！」

「え⁉　いやだって、これが目的で始めた修行だし。今のは対人戦闘や人外戦闘でも大いに役立つから、きっと幻魔降ろしの儀にだって役に立つと思ったんだよ」

「分かってるわよ！　でもね、私は忘れないから」

「な、何をかな？」

　祐人が秋華のあまりの剣幕に怯み後退る。

「お兄さん、こんなに可愛い、しかも将来、超美人確定の私たちを容赦なくボコったわよね」

「そそそ、それは修行だから。二人の求めるものを手に入れるためで、本当はそんなことしたくなかったよ？　ただ二人が進もうとしている道は命にかかわる重大な……」

「関係ないわ！」

「関係ないの!?」

「誰もが私たちとお近づきになりたいと思っているの。名家に生まれて超可愛いんだから当然でしょ。そんな私たちを殴るわ、蹴るわ、投げ飛ばすわ、精神的に追い込むわ、もうお兄さんのやっていることはまさに鬼畜、鬼畜の所業よ！　将来、私たちに群がる男たち全員がお兄さんの敵になるわ」

「ええ――!?　そんなぁ！」

　祐人が涙目で驚愕していると、このやりとりを横から見ていた琴音が噴き出す。

　琴音は全身を震わせて笑いをこらえる。

「す、すみません、ぷぷぷ……でも、我慢できなくて」

「琴音ちゃん、笑い事じゃないよ！　お兄さんったら私たちの透き通るような肌に痣を作ったのよ。それも一つや二つじゃないんだから。これは責任問題よ、人生の責任問題！」

「せ、責任って……」

責任という言葉に祐人の背中に悪寒が走る。特に秋華に言われると何故か怖い。

すると、ひとしきり笑いきった琴音は秋華に近づくと耳元でささやく。

「秋華ちゃん」

「何？　琴音ちゃん」

「気がつきました？　今ね、堂杜さん、いつもの堂杜さんに戻っています。態度も声色も」

「あ、そういえば」

「堂杜さんも何かホッとしたような、達成感というか、気が緩んでいる感じがします」

そう言うと二人は祐人を見つめる。

「な、何かな」

目の前で内緒話をされた後に見つめられて祐人は居心地が悪い。

秋華と琴音は互いに目を合わせるとにっこりと笑いあう。

それは祐人が自分たちの将来に真剣に向き合ってくれた感謝であり嬉しさであった。

しかしすぐに秋華は笑みをしまい祐人に向き合った。

「お兄さんって不器用だよね。今回の修行、私たちのためなら嫌われても構わない、最悪縁が切れても仕方がない、とか思っていたでしょう」

「え？　そ、そんなこと考えてないよ。ぼくはただ」

「言っておくけど、お兄さん！」

「はい！」

　秋華の気迫のこもった声に祐人は背筋を伸ばす。

「そういうのはいらないから」

「はい、私もそういうのはいらないです」

　こればかりは同調します、と言わんばかりに琴音も真剣な顔でうなずく。

「お兄さんは本当に駄目なのよ、そういうところが」

「ど、どういうところかな」

「本当にそうです。堂杜さんのことは尊敬しています。でもそういうところは駄目だと思います」

　何故かプリプリと不機嫌そうにしている二人に祐人は戸惑う。

「それにそういうの無駄だから！」

「はい、無駄です！」

「だから、どういうところか教えて！」

そう言い返す祐人だったが結局、何も答えてはもらえなかったのだった。

◆

修行三日目の午後。

祐人たちは今、修行場ではなく中庭の東屋にいた。

祐人は今日の午前も容赦のない修行を課し、たった今、食事と休憩を終えた秋華と琴音に声をかけた。

「さてと、じゃあ最後の確認をするよ。今日、午前中だけで不惑の領域に入ったと思った場面は二人とも三回ずつあった。本当は褒めたいところなんだけど目指すところは遥か先なのを忘れないで。特に秋華さんは不惑の感覚を明日まで反芻し続けて」

祐人がそう言うと秋華がげんなりとした表情になる。

「分かってるわ。それにしても全身が痛い。この後は何をするの？」

「ああ、修行は終わり。今からは現状の確認をするんだよ。自分自身のね」

「現状の確認ですか？」

琴音が首をかしげる。

「そう。修行の成果をしっかり確認できていないと二人とも困るでしょう。たとえばもしこの後、いきなり襲われて戦闘になったとして、自分の力がどの程度なのか把握していないと判断を誤るかもしれないから」

「はあ」

祐人の言うことがいまいち理解できない二人は目を合わせる。

すでに体術による模擬戦で修行の成果は確認済みであるし、これ以上何を把握するのか、と思ってしまっているようだった。

その秋華と琴音の様子を見て祐人は苦笑いをした。

「言っておくけど僕を相手に自分の成長を測るのはまだ早いよ。しかも僕の得意とする体術ではなおさらね。そもそも体術で修行をしたのは能力者としての地力を総合的に向上させるのに最も有効だと思っただけだからね」

「お兄さん、たまに上から目線だよね」

「え⁉　そういうつもりで言っているんじゃなくて」

「まあ、事実だから別にいいけど」

「ほ、ほら秋華ちゃん、それは堂杜さんが師匠として言っているんですよ」

半目の秋華に琴音が祐人のフォローを入れる。

「分かってるわよ」

「ああ、コホン、二人の強みは体術じゃない。二人はそれぞれの固有能力があるでしょう。だからそれで把握してもらうってこと。じゃあ早速、やってもらおうかな」

祐人はそう言うと二人と距離をとって立たせる。

「はい、二人とも家で習った領域を展開して。えっと、たしか秋華さんは〝自在海〟で琴音ちゃんは〝絶対感応域〟だっけ？　それを思う存分発動させるんだ。自分の思う最高の、それでいて肌に合う領域を好きなように。さあ、やって！」

祐人に指示され、秋華と琴音は己自身を体現するように自在海と絶対感応領域を展開した。

◆

秋華たちの最終の修行直前に大威と雨花は大物の客人の訪問を受け、笑みを浮かべた。

「ようこそ、いらっしゃった。頼重殿、それに奥方も」

大威は立ち上がり琴音の父である三千院頼重と母の柚葉を席に誘導した。

当初、大威たちは三千院家当主からの突然の連絡と訪問に驚き、重要な秘儀を前にして多忙ではあったが訪問理由は何となく想像ができたので快く受け入れた。

「直前のご連絡でお伺いし大変申し訳ない。無作法と思ったのですが、どうしても直接お話ししたい件がございまして参った次第です」

「いえいえ、大事なお嬢様をお招きしているのにもかかわらずお電話だけでこちらも心苦しかったので、こうしてお会いできてむしろホッとしていますわ。ああ、秋華と琴音さんをお呼びしましょうか」

「いえ、すぐにお暇させていただきますので呼ばなくても大丈夫です。秋華さんとの時間はあの子にとって貴重なものと思っておりますので今は自由にさせておきたいです。勝手なことを申し上げまして申し訳ありませんが」

雨花に柚葉が柔和な表情で頭を下げた。

雨花も笑顔で応対しつつも柚葉の言う「今は」というところに三千院の考えが見え隠れすることを感じ取る。

（長男、水重さんは失踪している。となれば今となっては三千院の直系は琴音さんだけ。それ故に重要な娘になったということかしら）

互いに着席しお茶を振舞うと大威が切り出した。

「それで頼重殿、本日はどのような用件で?」

「はい、実はまさに今、ご迷惑をおかけしている琴音のことです」

大威と雨花は笑みを浮かべた。それはそうだろうと思っていた。

「迷惑だなんてことは全くありません。むしろこちらがお世話になっています。琴音さんはとても良い子でうちの秋華にはもったいない友人です」

「ありがとうございます、雨花様。我々も秋華さんには感謝しています。以前は内気だった娘が最近は明るくなりました。実は今日、お話ししたかったのはうちの琴音について、ある報告が入ったので大威殿の真意をお伺いしたかったのです」

「ほう、真意とは何でしょう、頼重殿」

「はい、黄家を前にして回りくどい言い方は失礼と思いますので胸襟を開かせてもらいます。実は琴音の今後について良からぬことになりそうな話を聞きました」

「良からぬこと……ふむ、それは何でしょう」

「実は堂杜祐人という少年についてです。今、こちらに滞在していると聞いています」

頼重の目に鋭い光が内包していることに大威は気づいていた。

しかし、それには気づかぬふりをして大威は笑顔を見せる。

「はい、彼は秋華の友人のようでしてな。今も屋敷のどこかで一緒にいると思います。も

ちろん、そこに琴音さんもいらっしゃるでしょう」

「実はですな、琴音は自分の将来の夫をその堂杜なる少年にしたいと考えているようなのです」

「ほう、それはそれは」

「まあまあ」

大威と雨花は殊更(ことさら)、驚いた表情を見せる。

その二人の反応に頼重は表情を硬(かた)くしたまま見つめる。

その顔には「なにを白々しい」と書いてある。

「頼重殿」

「何でしょう」

「ご息女は非常に良い目をしておられる。そう、人を見る目が、です。まさに天性のものでしょう」

「ええ、まったく」

大威の言葉に雨花は大きく頷(うなず)いた。

この二人のにこやかな態度に頼重と柚葉は一瞬、呆気(あっけ)にとられる。

思いもよらぬ言葉だったのだ。

しかしすぐに頼重は内心、不愉快になる。

堂杜祐人は無名の能力者だ。

それに対し三千院家は歴史ある名家、そしてそれは黄家とて同じ。

先ほどの話でこちらの言いたいことはもう分っているはずであり、黄家にとっても他人事ではない話なのだ。

何故ならこの話は秋華が発端なのである。

だがそこは名家同士の当主である。礼儀は守る。

「それが良からぬこと、ということですか」

「はい。それでお気を悪くなさらないでいただきたい。あくまでも耳に挟んだという話です。それを先導したというのが……」

「なるほど、うちの秋華というのですね」

雨花がそう言うと頼重も柚葉も口を閉ざす。つまりその通りと言いたいのだ。

「頼重殿、その話を詳しくお聞かせ頂けますか」

若干、怒気を孕んだ大威の声に頼重はホッとする。

どうやらようやく自分たちの娘の愚かな考えを分かってくれたようだと思ったのだ。

すると頼重がことの次第を話しだした。

「始まりは先の四天寺での入家の大祭からです。ご存じのことかと思いますがこの大祭は四天寺に敵対する能力者の襲撃を受けて大混乱をきたしたという曰くつきのものになりました。恥を忍んで言いますが、我が愚息があろうことかそれに加担しました。勘当同然だったとはいえ、四天寺に三千院に連なるものが多大な損害を出したことを謝罪し、もちろんけじめもつけることを約束してまいりましたばかりです」

「いえ、うちの馬鹿息子も勝手に参加しましたので話は聞いています。しかもうちのは敗退してきましてな。まったく困り果てたという意味では我が家も同じです」

「そうでしたか、それは大威殿たちもご心労があったのですね。これは失礼いたしました」

「私どもも呆れかえって叱りつけたものです」

「それで話はその大祭でのことです。先ほど話しました堂杜少年がその時に大活躍したというのです。それはまさにあの四天寺を救うような働きだったと。これだけでも信じられないのですが、なんと四天寺はその少年を迎えるためだけに大祭を開いたというのです」

「なんと、あの四天寺がですか？」

「はい……」

大威が唸り腕を組んだ。

普通に考えてあり得ない話だ。馬鹿げた話というレベルである。

「それでこの情報をもって琴音がその堂杜少年を伴侶にと言い出しました。優秀な能力者を三千院に迎え入れる、と。その心意気は買うのですが、やはりまだまだ経験の浅い娘です。普通に考えて無名でしかもランクはDの少年が活躍したとは考えづらい。恐らく他人のいい加減な風聞に踊らされたのだとすぐに思いました。それで琴音の情報源を調査したところ、黄家のご息女に突き当たったのです」

「むう、あの馬鹿娘が」

「あの子は何という」

これを聞いた途端に大威と雨花は大きなため息を漏らし項垂れた。

さすがにこの二人の姿を見て頼重は同じ親として同情をした。

しかし今回は自分の大事な娘が誑かされている。ここは強く叱ってもらおうと思う。

水重がいない今、琴音はしかるべき優秀な血筋の能力者家系の人間を婿に迎え入れなければならない。三千院にとってそれは死活問題でもあるのだ。

すると大威が頭を振って不満を漏らす。

「何でこんな重要な話を三千院に漏らすのだ。堂杜君は我が黄家だけでいいはずだろう」

「まったくです。いくら初めての友人だからといって堂杜君を薦めるなんて人が好すぎます。あの子にはきつくお灸をすえる必要がありますね」

「は？」

大威と雨花の言葉に頼重と柚葉が呆けてしまう。

どうにも想像と大きくズレた反応のように見えたのだ。

聞き間違いか？　と二人の様子を確認するが二人は頭が痛そうに落ち込んでいる様子だ。

「大威殿？」

「頼重殿、申し訳ない。我が娘の話は忘れてはいただけないだろうか」

「？？」

「はい、私からもお願いいたします。申し訳ないのですが堂杜君のことは黄家に任せていただきたい」

「？？？？」

頼重は二人が何を言っているのか分からない。

だが黄家の当主とその奥方が深く頭を下げている。

一体、どういうことなのか？

――その時だった。

黄家の広大な敷地のほとんどを覆うような強力な領域が展開されたのをここにいる名家の当主たちが感じ取った。

「これは⁉」

「何だ⁉」

展開された領域は二つ。

しかもこの領域はここにいる四人の能力者にも覚えのあるものだった。

「これは自在海⁉　秋華か⁉」

「絶対感応領域⁉　琴音……？　まさか琴音なのか⁉」

突如出現した強力な領域に黄家、三千院の両当主夫妻が目を見開いたのだった。


この強力な領域は屋敷内各所で驚かれた。

黄家の者たちはもちろん自室にいた英雄も同様だ。

英雄は秋華や自分のこと、そして祐人についてと色々と考え事をしていた。

しかしそれが吹き飛んでしまう。

「こ、この自在海は秋華なのか⁉」

英雄は部屋を飛び出し、この自在海の発生源に向かった。

そして、地下で明日の幻魔降ろしの儀の準備をしていた孟家の楽際、浩然の手が止まる。

「これは秋華様……⁉」

楽際は呆然と呟く。

楽際は幼少のころからの秋華を知っている。もちろんその才能も実力も、また心にある甘さもだ。しかし、この自在海は自分の知っているものとは違う。

霊力量に変化はないが今までになく展開範囲が広がっている。

それでいて強度が高まっているというか、あやふやなところがない。

それはまるで秋華自身の意志が感じられるのだ。

「一体、これはどういうことなのだ。これであれば幻魔降ろしに万一の失敗もない。浩然、予定通り準備を進めていろ！」

「は、はい！」

楽際はそう言うと祭壇の準備を浩然に任せ、幻魔の間から地上に向かった。

その場に残った浩然は一人になると普段の頼りない表情が消え、次第に姦計を巡らした人間特有の笑みに変わった。

「これはこれは……嬉しい誤算とでもいうのですかね。私としては別に成功しなくても問題なかったのですが、まさか前日になって真剣にやる価値が出てきてしまいました。遊びで黄家に潜り込んで【憑依される者】の解析でもするぐらいのつもりでしたが」

浩然は「ふむ」と顎に手をやると片側の口角を上げる。

「さすがにこれもあの御仁の手の内だったということはないでしょう。単に新たな大戦のときのために敵戦力を削るだけのものだったはずです」

そう呟くと浩然は喉を鳴らす。

「面白い。ということは私に運気があったということですか。場合によっては私の手で大戦を起こすことにもなりますね。王俊豪の想定外の登場で逃げる気満々でしたが、少しぐらいリスクを負っても良いかもしれません」

浩然はそう言うと祭壇に視線を移した。

「さて、ではこの時間を有効に使いましょう。それにしても堂杜祐人ですか。色々と聞いてはいましたが結果的には愚かですね。自分以外の人間の実力を上げた挙句にそれを利用されようとは可哀相なことです」

屋敷のテラスで黄家所有の高級ワインをたらふく飲んで眠っていた俊豪に王亮が大声を上げた。

「ちょっと俊豪！　起きて」

「ああん？　なんだよ、うるせーなぁ」

俊豪はアルコールで重くなった頭に手を当てて起き上がる。

「この自在海だよ！　間違いなくこれは秋華さんのものだ」

「ああん？　ああ、別に驚くようなもんでもないだろう。こんなもんで起こすな」

そう言うと俊豪は再び横になった。

「ああ、もう！」

興味を持たずにまた眠ってしまった俊豪に亮は呆れる。

（そりゃあ、俊豪にとっては大したことのない自在海だろうけど問題はそこじゃない。自在海を僅か数日でここまで高めたことが問題なんだ。一体どうやったんだ？　こんなの普通じゃない。霊力コントロールに関して相当な理解があって体系化している家系でも難しいはずだ）

「秋華さんたちは何をしたんだ。黄家が優秀な霊術師でも呼んだ？　でもそんなのは聞いていないし秘儀を前にそんなことをするとも思えない。俊豪、これは確認した方がいいんじゃないかな」

亮はそう言い再び俊豪に目をやると、俊豪はすでにいびきをかいて眠っている。

亮は「何でこうまで他人に興味がないのさ」と漏らし、ため息をついた。

祐人は驚いた様子で自分自身の両手を見つめている秋華と琴音に声をかける。

「まあまあ、かな。どう？　二人とも。今の感想は」

「信じられない。どう表現していいか分からないけど体が、というより霊力が軽いわ。今までは水の中でうごくような抵抗感があったわ。なのに今はそれがまるでない」

「はい、ちょっと自分じゃないみたいです。今は精霊たちの視線すら普通に感じ取れるような……不思議な感じです」

「ふーむ、面白い表現だな。それはやっぱり二人の独特な感覚だね。じゃあ、次は全開の展開をやめて最適化しよう。自分にとって一番楽な、自然で無理のない領域にするんだ。今更、どうやって？　なんていう馬鹿な質問は聞かないよ」

「分かったわ」

「はい！」

二人には今の祐人の言うことが何となく分かる。

領域とは自分自身。

自分自身のことを他人に聞くのは馬鹿げているのだ。

「うん、いいね。二人とも筋肉に緊張を感じない」

「人の筋肉の緊張を普通に語っているお兄さんが怖いわ」

「霊力とか領域に筋肉って関係あるんでしょうか」

「筋肉も霊力も、言っちゃえば心も魂も感情も同じだよ。すべてが自分自身だ。これからはこれらすべてを自在に操ることを意識していくことだよ。アプローチの仕方は家や個人でそれぞれだから僕がしゃしゃり出るのは違うかもしれないけどね」

その言は他家の人間が名家出身の二人にそこまで指示するのはどうかと考えるようなものだったが、二人は迷わずに答える。

「いいわ、お兄さんのやり方を教えて」

「私も教えてほしいです。堂杜さんは私たちの師匠なんですから教えてください」

「そ、そうか、分かった」

師匠と言われると祐人は照れたような、ちょっと恥ずかしそうな表情を見せるが少し嬉しそうだ。すると祐人が二人に語りだす。

〝お兄さんって師匠って言われるの嬉しそうだね、意外な一面だわ〟

〝そうですね、でも何か、その、可愛いです〟

〝これは使えるわ〟

〝え？〟

「ちょっと、二人とも聞いている？」

「聞いてるわ」

「あ、はい！　聞いてます！」

二人が祐人に元気な返事をすると多数の人間たちが現れた。

「秋華！」

「琴音！」

「あれ？　お父さん、どうしたの？」

「お父様！　お母様まで！　いらしてたのですか⁉」

まさかの両親の登場に二人は驚いた。


大威たちが現れると秋華と琴音はそれぞれの両親たちに囲まれる。

すると自然体で自在海と絶対感応域を展開している二人に大威たちと頼重たちは驚きの目を向けて、その後、祐人に視線を移した。

「これは堂杜君が成したのか？」

「違いますよ。二人が成したんです。僕は大したことはしていません」

「ふむ、君らしい言い方だな」

フッと大威が笑みを見せる。

すると頼重は祐人に値踏み（ねぶ）するような視線を送る。

「君が堂杜君かい？　私は琴音の父だ。お話は娘から聞いていたよ」

「あ、初めまして、堂杜祐人です。琴音さんにはとてもお世話になっています！」

祐人は琴音の父と聞き、畏まって頭を下げた。

それは友人の父と聞いて慌てて挨拶をする若者の態度そのものだ。

「うむ」

(私には凡庸な少年にしか見えないが……これが四天寺や黄家が一目を置く少年なのか？)

そう思いながら娘の琴音に目をやると少しばかり驚く。

琴音は祐人と親である自分の会話が恥ずかしいようでモジモジとしているのだ。年頃になりつつある娘の普通の反応であろうが三千院の実家では見たことのない姿だった。

(琴音もこんな顔をするのか)

頼重の知る琴音は実の父である自分にも母である柚葉の前でも表情らしい表情を見せたことがない娘だった。だがそれは名家三千院の娘として厳しい教育を施してきた結果であると満足してきた。

「ど、堂杜さん、そんなに畏まらなくてもいいです。いつも通りにしてください」

「え？　でも琴音ちゃんのお父さんの前で失礼があったらよくないし」

「いいですから、普通でおねがいします！」

（琴音ちゃん？　三千院の娘をちゃん付けで呼ぶとは礼儀や格式を知らないのか）

　この二人のやり取りを見て苦々しい顔になる頼重だったがそれと裏腹に普段、琴音と同じく表情を崩さない柚葉が笑みを見せた。

「堂杜さんですね。私は琴音の母です。琴音がお世話になっているようでありがとうございます」

「いえ、とんでもないです！　僕の方がお世話になってますんで」

　深々と頭を下げる祐人。

「だから堂杜さん、普通にしてください！」

「ええ？　いや、普通にしてるんだけど」

　この二人のやり取りに柚葉が口に手を添えてさらに微笑む。

　するとこの光景に頼重は困惑した。

　見たことがないのだ。

　妻と娘のこのような姿を。

「柚葉」

「はい」

　頼重が妻を制するといつもの表情に戻った。

するとどこかホッとした頼重は祐人に顔を向ける。

「堂杜君、君に聞きたいことはたくさんあるのだが今は少し混乱していてね。後ほどまたゆっくり話をさせてほしい。琴音、お前はついてきなさい、話がある」

「……はい」

「琴音ちゃん！」

頼重に従う琴音に秋華が声をかけてきた。

「また、後でね」

「はい、秋華ちゃん」

笑みを見せた琴音を見ると頼重は憮然(ぶぜん)とし、妻と娘を連れて行った。

祐人と秋華が三千院家の家族を見送っていると大威と雨花が秋華の横に立った。

「堂杜君、もう修行はいいのだろう？　どうだった秋華は」

「あ、はい、大威さん。僕ごときが言うことではありませんが、秋華さんは想像通り素晴(すば)らしい資質を持っています」

「そうか」

「ふふふ、それでは私たちも秋華を連れて行くわね。お礼は幻魔降ろしの後でたっぷりとするから」

「いえ、これは僕がお願いしたことですからお礼なんていらないです」

「まあまあ、そう言わずに何かさせてくださいな」

そこまで言われると祐人も断りづらい。

「ありがとうございます。あ！　実は後でお二方に話したいことがあります。秘儀の準備でお忙しいと思うのですがお時間をもらえますか？」

「ふむ、分かった。二時間後に私の部屋に来てくれるか」

「はい、分かりました」

「じゃあね、お兄さん」

すると大威たちも自分にウインクをする秋華を連れて去っていった。

秋華と琴音はそれぞれの両親に連れて行かれ祐人はその場に残った。

祐人は今後のことを考える。

「ふう、あとはニイナさんが帰って来るのを待つだけかな。何か分かるといいんだけど」

ニイナには祐人との話し合いの後すぐに神前明良と連絡をとってもらっていた。

（ニイナさんの予想がある程度当たっていれば、何かしらの情報が入るだろう。あとあいつからも色々と聞けるし）

そもそも今回の修行をすることを決めたのはニイナとの話し合いが発端だった。

◆

「まさか……目的が違う？」

ニイナの呟きに祐人は「え？」と目を向ける。

ニイナは今回の黄家を襲った蛇たちの依頼者、つまり黒幕について言及してきた。

「堂杜さん、もし敵の目的が秋華さんを攫うことでも【憑依される者】の秘密を暴くことでもなかったら？」

「そんなことが……いや、あり得るのか」

（すべてが分かった訳ではないです。ですが、以前よりは分かりやすくなります）

ニイナの鋭い視線の中に卑劣な人間像が浮かんでくる。

それはミレマーを襲ったとするスルトの剣。

闇夜之豹を裏から操っていた伯爵。

そして先の四天寺家で催された入家の大祭で襲ってきたジュリアンたち。

この人物たちはかつての能力者大戦で敗れはしたが、今に至るまで名を残すほどの猛威

を振るった者たちだと祐人は言っていた。

「そもそも暴走するかもしれない秋華さん、そんな危険な人間を攫うか？　しないはずです。自分たちの身が危ないもの。これだけの情報網があってそれを知らない訳はないわ」

ニイナが深く思案に耽っていく。

「ただ、私は思うのよ、この犯人たちに命を顧みないほどの目的、理由があったとしたら」

「え⁉　だとすると何だというんだろう」

「堂杜さん、敵は秋華さんに可能性を感じているのかもしれない。断定はできないわ、でも彼らの目的に適う何かをしようとしているのかもしれない。そして相手は能力者の名門黄家にも感づかれないほどの情報収集能力を持っている」

「情報収集……ハッ、まさか【ポジショニング】の能力？　可能性はあるのか？」

「ポジショニング？　それはどういった能力ですか？」

祐人はジュリアンが【ポジショニング】の能力を使い、ナイト家からダンシングソードを入手していたというガストンからの情報を思い出した。

ニイナは祐人から入家の大祭時に襲撃をしてきたジュリアンが【ポジショニング】の能力を持っていたと聞くと頭の中で最悪な状況を想定しだす。

「もし、その能力を持っているものが入り込んでいるとすると」

「まずい、今回の敵がジュリアンたちに連なる能力者の可能性が出てくる！」

「そうだと仮定して、その人たちの目的に合致するることを企んでいるとなると。堂杜さん、間違っていれば別にそれでいいです。でももし、この予想が当たっているなら」

「うん！」

その後ニイナと話し続け祐人は秋華に修行をつけることにし、ニイナは情報収集とガストンとの合流を図ることになった。

実はこの時、ニイナはあることに違和感を覚えていた。

（もしかして秋華さんは何かを感じていたんじゃないかしら。この秘儀のタイミングで堂杜さんを呼んだ。そんな家の機密事項の日取りを忘れるはずはないですから）

「堂杜さん、秋華さんの真意を聞く必要があるかもしれないわ。彼女の知っていることや狙いも聞いておく必要があると思うの」

◆

祐人はニイナとのやりとりを思い出しながら目を瞑った。

その後、祐人は秋華の真意を聞いている。

祐人は拳(こぶし)を握(にぎ)り決意を新たにする。

（何としても秋華さんの幻魔降ろしを成功させる）

それが今回の得体のしれない敵や秋華の想(おも)い、様々なものを解決できるような気がするのだ。

祐人がそう考えた時、背後から聞き覚えのある少年の声がかかった。

「おい」

振り返るとそこには黄英雄が立っていた。

「英雄君、何か用？」

「ちょっと、こっちに来い」

「……？」

祐人は戸惑(とまど)うが英雄についていくと向かっている場所は今日も使った修行場(しゅぎょうば)だと分かった。

英雄は修行場に入りながら振り返らずに口を開いた。

「堂杜祐人、お前に聞きたいことと頼(たの)みがある」

「え？　頼み？」

意外な言葉だった。

あの黄英雄が言うセリフにしては最も縁遠いものに感じられて祐人は眉を寄せた。
祐人が知っている英雄は命令か強制しかしないイメージなのだ。
英雄はしばらく進むと歩みを止めて振り返った。
そして英雄は偉ぶるわけでもなく茶化すわけでもなく真剣な顔で言った。

「堂杜祐人、俺と戦え」

第5章　黄英雄

秋華や琴音たちと別れて二時間後、祐人は大威の自室の扉をノックした。

「堂杜です」

「うむ、入ってくれ」

「失礼します」

祐人が部屋の中へ入ると大威と雨花が待っており、応接セットのソファーへ促された。

祐人が入るとその後ろから二人の人物が入ってくる。

「こちらに座ってくれ。話とは堂杜君だけではなかったのだな。ニイナさんとそちらは？」

大威が視線を向けた人物はアローカウネと同じ執事服を身につけている身長190センチは超えているだろう男だ。銀髪を清潔感のある髪型にまとめている白人男性はにこやかにお辞儀をして挨拶をした。

「はい、ニイナお嬢様の第二執事を務めておりますガストンと申します」

「大威さん、お伝えしていなくて申し訳ありません。これから話す内容に彼が不可欠でし

たので連れてきました。すでに黄家の方々には挨拶をさせています」

「ふむ」

　この時、祐人の衣服が若干、乱れており、それだけではなく所々に汚れや擦り切れているのを見て大威と雨花は怪訝そうな顔をした。

「堂杜君、何かあったのかね？」

「え⁉　あはは、その、色々とありまして」

　この指摘に祐人がギクッとした様子で笑顔を作ると横からニイナが憮然とした表情で口を開いた。

「まずは謝罪を申し上げます。申し訳ありません、大威さん、雨花さん」

「え⁉　ちょっとニイナさん！」

　祐人が極度に慌ててニイナを止めようとするがニイナから低温の視線を送られると「うっ！」と黙ってしまう。

「突然、謝罪とはどうしたのだね？」

「堂杜さんは先ほど喧嘩をしていました」

「喧嘩ですか？　堂杜さんが？」

　雨花が意外そうに聞き返すとニイナは「はい」と頷く。祐人は冷や汗をかき、ガストン

はどこ吹く風といった表情でニコニコしている。

「喧嘩の相手はニイナさんですか？」

「いえ、雨花さん。喧嘩の相手はご子息の英雄さんです」

「む⁉」

「え⁉」

これには大威も雨花も驚きを隠さなかった。

祐人は居場所を失ったように顔を青ざめさせて体を小さくする。

大威と雨花は祐人に目を移すと祐人は視線を避けるように俯いてさらに縮こまる。

「それで英雄は今、どうしているのだ、堂杜君」

「あ、その、ニイナさんに止められた後は知りません。でも、仲直りはしていますので！」

「仲直り？　英雄と、かね？」

「はい、僕はそのつもりですけど」

「堂杜さん」

「はい！」

ニイナの静かだが力の籠った声に祐人は背筋を伸ばす。

「仲直りしていたとしても喧嘩は無かったことになりません。大体、依頼主のお兄様と喧

嘩するなんて堂杜さんはプロ意識があるんですか？　ましてやご両親の大威さんや雨花さんと大事なお話をする前だというのに何を考えているんですか」

「ううう、でもあれはお互いに避けられないもので、それにこれは誰にも言わないと男同士の約束が」

「関係ありません」

　ギロリとしたニイナの視線を受けると祐人は青ざめる。

「さあ、謝ってください」

「大威さん、雨花さん……すみませんでした」

　頭を深々と下げる祐人を見ながらまだ大威たちは戸惑っている。

「二人は息子の英雄の性格は分かっている。

　恐らく英雄が祐人に対して何か余計なことを言ったかやったのだろう。

　だから大威は祐人を責める気にはならなかった。

　だが今戸惑っているのは祐人やニイナの言う「仲直りをした」という点がどうにも想像できない。

　我が息子ながら英雄はどうにも厄介な性格をしている。

　英雄はよく諍いを起こすが喧嘩に負けたことはない。喧嘩のパターンは相手を見下し、

煽り、そして圧倒する、というのが常だ。

同世代の者たちについても相手を馬鹿にするばかりなので友人などは見たことがない。

繋がっているのは自分の言う通りにする子分か決して反論しない人間たちだけだ。

どうやらそれが英雄の強者としての在り方らしい。

この性状は黄家の次期当主としていつかは矯正する必要があることは分かっていた。

だがこのような性格になった原因に大威と雨花は気づいている。

兄のように慕っていた文駿の死が英雄を〝強さ〟に執着させたのだ。

そして当時、未熟で危うい純粋さのあった英雄が得た〝強さ〟の答えが今の英雄を形成しているのだろう。

大威たちは親としても当主としても黄家に生まれたものが逃れられぬ宿命とその時に起きてしまった悲劇を止められなかったことに責任を感じていた。

そのためもあって英雄を甘やかしてしまったところがあったのは事実だった。

ところがその英雄が、だ。

「あいつが喧嘩をして仲直りを、な」

大威が神妙な顔で誰に話しかけるでもなく呟く。

すると雨花は何故かニッと笑みを浮かべた。

「いいのよ、堂杜君。子供の喧嘩に親がどうこう言う気はないわ。ただ、教えてくれる？　あの子は何て言って来たの？」

「あ、それは……お前の知る〝強さ〟を俺に見せろ、と。それでなければ追い出すと言われて僕も引けなくなって、つい」

大威と雨花は目を細めるがその表情は穏（おだ）やかだった。

「それでどちらが勝ったのです？」

「え!?　いやそれは」

「いいから教えてくださいな。別に英雄がコテンパンにされたとしても咎（とが）めたりしませんから」

「勝負はその、ついてません」

「え？」

「ほう」

「まったく！　男の人のこういうところは本当に理解できません。二人はいつまでも喧嘩を続けていて私が止めに入らなければいまだに続いていたかもしれないです」

ニイナが呆（あき）れたように腕を組んで声を上げる。

「なんと、ニイナさんが止めたのかね？　二人を」

「そうです」

ニイナはプリプリした様子で頷く。

「二人とも自分に酔ったみたいに言い争いながらで怖かったです。生きて追い求め続けている人間に負けはない、とか、恐れを感じさせるのが強者だ、とか言い合っていて何を言っているんだかってなりました」

「ひぃー、ニイナさん！」

祐人は熱くなっていた時のセリフをばらされると恥ずかしさで顔を真っ赤にする。

ニイナの横にいるガストンも必死に笑いを堪えるように肩を揺らした。

すると発作的に大威と雨花が声を上げて笑いだす。

親として英雄が昨今見せたことのない行動を聞き、喜びが湧き上がってしまったのだ。

（あの英雄が同世代の子と喧嘩して仲直りだなんて！　まったく堂杜君が来てからというもの驚かされてばっかりです。数年間、私たち家族の失われた時間がいっぺんに戻ってきたよう）

雨花はそう考えると夫の久方ぶりの笑顔を横から見て心が熱くなった。

祐人は恥ずかしさで顔を両手で覆っている。

「笑い事じゃないです。二人とも目にも止まらぬ速さで動きますし激突する度に信じられ

ないほどの突風が来ますし」

ニイナはそう言うが実はガストンが衝撃波から彼女を守っていたために突風などという説明になっている。本来であれば一般人であるニイナが巻き込まれれば一溜まりもない。

「これはすまない。それでは英雄もここに呼んで謝罪させよう」

「いえ、大威さん、それはもうしていただいたので大丈夫です。仲直りもさせましたし。それよりも堂杜さんのご両親への謝罪がまだだったのでお伝えしただけですので」

「は？」

大威と雨花が再び呆気にとられるような態度になった。

「今、何て……英雄が謝ったのですか？　あの英雄が？」

思わず雨花が聞き返す。

「え？　はい」

大威たちは目を見合わせ、その場にいただろう祐人とガストンにも視線を投げる。

当事者の祐人はまだ恥ずかしさで返事をしないのでガストンが口を開いた。

「はい、そうですねぇ。ニイナさんにこっぴどく説教されていましたがね」

「ガストンさん、余計なことは言わなくていいです！」

「おっと、これはすみません」

ニイナがガストンを注意するとガストンが両肩を上げておどけてみせる。

大威と雨花は置き去りにされたようにニイナたちのやり取りを見つめ、その時の状況を聞くことになった。


ニイナたちは黄家の屋敷に到着するとすぐに祐人の部屋に向かったが祐人はおらず、ガストンが「こちらの方から旦那の存在を感じます」と言ったのでそちらに向かった。

すると修行場で英雄と祐人がぶつかり合っているのを目の当たりにし、その激しさと迫力にニイナは言葉を失い硬直してしまう。

「英雄君、僕に聞きたいことがあったんじゃないのか！」

「黙れ！　それは後だ！　先にお前を見させてもらう」

英雄が目にも止まらぬスピードで祐人に迫り右拳を繰り出す。

それを祐人は最小の円運動でいなした。

英雄は踏みとどまり体勢を崩さずに下段左回し蹴りで祐人を襲う。

祐人は小さく跳躍して後方に下がった。

（へー、新人試験で見た時よりも上達しているね。まったく修行をしていなかった訳ではなかったみたいだ。でも）

明らかに祐人に及んでいない。

もちろん体術において祐人に敵わないことはもう英雄にも分かってきている。

英雄は祐人と対峙するとチッと舌打ちをした。

「本気でいくぞ。堂杜」

「せめて何のために戦っているのか言ってくれ！」

「何をしているんですか！　二人ともやめなさい！」

ここでハッとしたニイナが叫んだ。

しかし英雄はニイナなど意に介さずに凄まじい量の霊力を集約させる。

そしてそれと同時に英雄の充実した領域、自在海が構築されて辺りを包みだした。

祐人はニイナの登場に気づいていたが英雄が戦闘を続行させる気でいることを悟り、背後にいるガストンに目配せをするとガストンは頷いた。

「ニイナさん、危ないですからこちらに。どうやらのっぴきならない理由があるようですね。旦那に、というよりあの黄家の坊やの方に、ですか」

「でもガストンさん！」

「おっと、その名前はここでは出さないでください。英雄君とやらに影響が出ますから」

ガストンは英雄に見覚えがある。

新人試験でその能力を奪(うば)おうとした新人の筆頭格であった。また今、変装をしているとはいえ英雄には新人試験の際に顔を見られている。気づく可能性もあるだろう。

こんなところで新人試験を襲った吸血鬼(きゅうけつき)と出会ったとなると英雄がどう反応するか考えただけでもややこしい。

「来い！　ク・フォリン！」

「まさか【憑依される者】！」

（本気でやる、というのは本当か！）

祐人が青ざめると英雄の自在海が収縮し英雄と同等の大きさになる。

すると自在海は形を変えて純白の鎧(よろい)と化し、英雄の右手には雄々(おお)しい槍(やり)が握られていた。

「無茶苦茶(むちゃくちゃ)だ！　家ごと破壊(はかい)するつもりか、君は！」

「馬鹿が！　そんなヘマを俺がするか！」

そう言う英雄の左手に装飾(そうしょく)された小さな箱のようなものが握られており、それを英雄は上空に投げた。

途端(とたん)に強力な結界が周囲に張られた。どうやら結界術式が籠(こ)められた祭器だと祐人は認識する。

「ほう、あんなものを持っているなんて流石(さすが)は黄家ですねぇ。外部と次元がズレました。

家の秘技が盗まれないように能力者の家系はこういったものを持っていると聞きますが、これは相当なものですね」

「そんなことを言っている場合ですか！　こんな馬鹿げたことを何で」

ガストンが他人事のように感心するとニイナが叫ぶ。

「まあまあ、ニイナさん。とりあえず私の側にいてください。魔力系の私だと黄家の坊やの術が触れた途端、派手に爆発しますが気になさらず。ちゃんと安全ですから」

「ええ⁉」

ガストンがニイナの前に立つと純白の戦士の姿をした英雄が祐人を睨む。

英雄の目には祐人しか入っていない。

「これで、ここで起きたことは外部の人間には一切感知できない。まあ、それでもこの家が心配だったらお前が守れ」

「家主の代わりに何で僕が守るんだよ」

「知るか、いくぞ！」

英雄が踏み込む。

次に見えたのは祐人の目の前で槍を繰り出す英雄だ。

（速い！　いやそれだけじゃない）

「倚白！」

祐人の顔面すぐ横を倚白と擦れた槍の胴体が火花を上げながら通り過ぎていく。

「クッ！」

英雄とは思えない槍の極意を身につけた人間の突きだ。

まるで武術の頂にまで到達したかのような凄みをたった一回の突きで理解させられる。

さらには槍の矛先の前方の空間に穴が開く。

元々、何もない空間だった。

しかし、その場所にあったはずの空気に穴が開いたのを祐人は肌で確認した。

「ふん、まんまと俺は騙された。お前は霊力系能力者じゃなかった。仙道使いだったんだな！　最初、霊力を出していたのはブラフかよ。襲撃してきた奴らと戦っていたお前を見ておかしいとは思っていた。こんなレアな能力者だったとはな！」

英雄が槍を車輪のように振り回し、右に左に打撃を繰り出す。

一撃一撃が重い。

祐人は倚白で槍を弾きながら全身をしなる竹のようにしてその場で槍の力を拡散させる。

「騙してなんかない。僕にも色々とあるんだ！　大体、話がしたいだけなら戦う必要なんてあるのか！」

「うるさい！　俺にはあるんだ！　お前がどう考えようが関係ない！　俺の強さにいちゃもんをつけたお前が悪いんだ。気に入らないんだよ！」

「何だよ、それは！　誰がいちゃもんをつけた⁉」

「黙れ、見せつけてきているんだよ！　お前は！」

槍が通り過ぎた一瞬、祐人が仙氣を爆発させる。遊びで戦える相手ではない。真剣にやらなければ冗談では済まない。

祐人が半身前蹴りを英雄の胸部に叩き込んだ。

英雄はもろにそれを受けて後方に吹き飛ぶ。

が、途中、槍を地面に突き刺して耐えた。大したダメージも無さそうであった。

この時、祐人と英雄が睨みあった。

祐人はこの訳の分からない戦いで怪我をするつもりはない。

秋華の幻魔降ろしの儀に備えるつもりなのだ。ニイナの予想では最悪の場合、その時に何者かの襲撃がある可能性がある。

その時のために備えなければならないのだ。

（秋華さんの覚悟を知った今、僕はこんな無駄な時間に付き合うつもりはない。それが兄の英雄君だろうと関係ない）

全身全霊の力を振るうならばその時だ、とすでに決めている。

このような意味を感じられない戦いに力などかけられない。

この時、祐人の眼光が怒りと共に鋭さを増していく。

（君が自分の妹、秋華さんを大事にしているのは知っている。にもかかわらずだ。一体何をしているんだ、君は！　僕と戦って何を満足させようとしているんだ。強さにいちゃもん？　ふざけるな！　そんな強さなんか知るか！）

その祐人の眼光を英雄は受け止めた。

（この目だ。この目が俺を惑わす。何故だ。たかがランクDの劣等がこの俺を、いや）

「お前が強いのはもう分かっている」

「……？」

「いや、認めてやる。だから教えろ」

「何の話だ。僕に修行でもつけて欲しいってことか？」

「馬鹿野郎！　普段からナヨナヨしやがって！　俺に舐められても周りに侮られても意に介さず、お前は一体、何なんだ！」

「何を言っているのか、分からない！」

再び二人は激突する。

僅かな時間で剣と槍が二人の間を何十、何百と交錯する。

祐人は手を抜いてはいない。英雄の気迫が凄まじいのだ。

その戦闘力は並大抵の能力者では抑えられるものではない。堂杜祐人であるからこそ踏みとどまっていられる攻撃圧だ。

「俺は強い。強くなくてはならない！　それで俺は輝く。誰もが俺を認める。名が轟く。それで俺の強さに意味ができるんだ。なのに、お前にはそれがない！　何故だ⁉　お前は何で強い！　強くあるんだ！」

英雄は叫ぶ。

いつもの見下した言い方ではない。まるで子供が想いをぶつけているような声色だ。

だが祐人はこの問いに怒りを見せた。

何となくだが英雄の言いたいことが分かってきた。

言葉にはしづらい葛藤のようなものを見た。

そして何故か、この瞬間が最も英雄の弱さが際立って見えたのだ。

いつも見せている偏った個性も面倒な性格も虚勢に感じられてくる。

すると何故か無性に腹が立つ。同世代のこの少年に。

すでにこれだけの強さを持つこの人間に。

「くだらない質問だ。それが聞きたいことか」

「くだらないだと⁉」

「そうだよ！」

祐人が上方からの槍を倚白で受け止めると両足が地面に沈んだ。

「輝かなければ君は強くないのか！　名が轟かなければ弱いのか！」

この祐人の言葉を聞くと英雄の脳裏に文駿の最期の言葉が浮かんだ。

（英雄様、いや、英雄君。どうか強くなって欲しい。そして自分を信じるんだ。それが僕のやってきたことに彩を増す。死んだあとだってどんどんね。だから英雄君は生き続けて、僕の生きた証拠に色んな意味を添えておくれ。周囲の言葉なんて気にしない。他人の評価なんて君たち兄妹には意味はないから……）

「そうだ！　そうに決まっている！　俺を恐れた人間の数が俺の強さの証拠だ！　俺は生き続けて、俺を恐れさせ、俺という人間を世界に轟かせる！　そうすれば結果として黄家も秋華も守れる！」

「二人は何の話をしているの？」

ニイナは一抹の恐怖と疑問を抱いてガストンの後ろから呟いた。

英雄が一体、何に激高しているのか、執着しているのか。

そして何故、祐人にそれをぶつけるのか分からなかった。

「うーん、分かりませんが色々とあるんでしょうねぇ。あの少年も」

祐人が英雄の槍を腕力(わんりょく)で押(お)し返し英雄は後方に飛びのく。

だが間髪(かんはつ)容れずに槍を構え直し英雄は高速の連続突きを仕掛(しか)ける。

対して祐人は倚白で突き返して迎撃(げいげき)する。

両者の腕(うで)は見えず火花と衝撃波がニイナたちを襲った。

「俺は新人試験の時のお前をまったく知らない。お前はこれだけ強いのにまったくだ！　それはお前が強さを隠(かく)し目立つことを避けたからだろう！」

「何を！　僕は真剣に試験に挑(いど)んだ！」

「ふざけるな！　それでランクDな訳があるか！　強さを持った人間がコソコソ試験を受けていたんだ。何故そうなのか俺には分かるぞ。それはお前に背負うものが何もないからだ！」

「何だと？」

祐人の怒りが迸(ほとばし)る。

「そうだ！　お前には背負うものも恩人から受け取った想いもない！　だから他人に侮ら

れてもヘラヘラしている。それがお前をそこまで強くさせた人間たちへの冒涜とも知らずにだ！　それでも実は強いからと戦いには勝てるからと大物ぶっている。だから俺はお前を見ているとイライラするんだ！」

　祐人がキレた。

　この時、相手が黄英雄だろうと依頼主の兄だろうと関係なくなった。

「じゃあ、お前には背負うものがあるというのか⁉　名家に生まれて偉そうにふんぞり返って人を上から目線で侮って！　お前の強さは〝たまたま〟だろう！　たまたま【憑依される者】を継承した強さだ！　それで何かを背負ったかのように自分に酔ってるんだ！　笑わせるな！」

　この祐人の言葉に英雄の目が血走った。

「何だと！　お前に俺の何が分かる⁉」

「お前だって僕の何が分かっているんだ！」

　互いの槍と剣のスピードが増していく。

　しかしお互いに技も奥義も繰り出さない。ただ全力で槍と剣を振るう。

　ニイナが二人の剣幕と覇気に顔を青ざめさせた。

「ガストンさん！　止めないと」

「あ〜あ、相手とかみ合わない苛立ちが頂点に達しているという感じですねぇ。何というか旦那にもああいう年相応な一面があるんですね。というよりあの坊ちゃんに引き出されたところですか。それ自体は悪くないです」

ニイナが前に出ようとするのを片手で制したガストンが面白そうに零す。

「え?」

「いやね、ニイナさん。私も人の機微には疎いですが、これはあれですよ。好きにやらせた方がいいやつです」

「何故ですか⁉　このままじゃ本当にどちらかが大怪我しちゃいます!」

「まあ、そうかもしれませんがあれは男子特有のぶつかり合いです。言ってしまえばただの喧嘩ですね。あるんですよ、男にはああいうのが。ニイナさんはあんまり見たことがないでしょうけどね。お嬢様ですものねぇ」

ガストンはまるで大したものではないかのように言うが今見ているのはそんな可愛いものではない。

それはニイナが初めて知る男の中にある猛々しさだった。

「お前みたいに強さを誇示しないことが格好いいと思っているクソがムカつくんだ!　ただ強いだと?　ふざけるな!　そんなの強さじゃない!　強くなる過程で関わった人間た

ちに報いることが必要なんだ！　俺のように！」

「上辺の強さで粋がっているダサいお前に言われたくはないよ！」

「上辺だと!?」

「そうだ！　力だけでお前の言う名声が手に入ると思っているのか？　そんなものは悪名だろ！　そんなもので轟いた名を誰が喜ぶんだよ！　お前を強くするのにかかわった人間が喜ぶのか？　だったらとんだ奴だな、そいつは！」

英雄の顔色が変わった。文駿の死に際の顔が英雄の脳裏によぎる。

「てめえ、それ以上言ってみろ！　殺すぞ！」

英雄が槍を大きく振りかぶり横に薙ぐと祐人がそれを倚白で受け止め地面を両足で削るようにスライドする。

「お前は何も分かってない！　強さがものをいう世界だ。そのために世界中の能力者がしのぎを削っている。強くなければ消えていくだけだ！　それこそ俺を強くしようとした人間たちが悲しむんだ！」

「ふざけるな！　能力者は他の能力者から認められるために存在しているんじゃない！　他の能力者なんか知ったことか！　周囲を気にして強くあろうなんておかしいだろう！　他人の評価がなければお前は強くないのか！」

「……っ⁉」

英雄がハッとしたように目を見開く。

この瞬間、祐人が英雄の槍の上を右足、左足の順に跳(は)ねて体を回転させると祐人の踵(かかと)が英雄の顔面を直撃(ちょくげき)した。

「グウ！」

英雄は激しく後方に転ぶ。

すぐに態勢を整えようとすると目の前にすでに祐人がいた。

「強さは戦闘力だけを指すものじゃない！　勝ち負けでもあるものか！　何を志し、何を成すかだ！　何で僕が強いかって聞いたな？　答えてやるよ。僕は強くない。僕は何も成していないからだ。でもね、志は曲げない！　何に勝つか、何に負けないかは僕が決める。それ以外は負けても構わない」

英雄はこちらを睨みつける祐人を見上げて切れた唇(くちびる)の血を拭(ぬぐ)った。

そして祐人の目を睨み返す。

だがここで再び目を見開いた。

それはまたしてもあの目だ。

祐人の目は文駿が最期に見せた目と同じ光を放っているのだ。

時折、見せられたこの目に自分の心が揺れ動いた。どうしても気になり引き寄せられる。

「負けても構わないだと？」

「そうだ。失ってはならないものを失わないために負けることが必要なら、僕は負け続けることを選ぶ。これを誰かに評価なんぞされてたまるか」

〝周囲の言葉なんて気にしない。他人の評価なんて君たち兄妹には意味はないから……〟

英雄の中で文駿の言葉がこだました。

「失わないため」

英雄は一瞬、苦し気な表情を見せるがすぐに怒りで塗りつぶす。

「じゃあ、すでに失ってしまったものはどうするんだ！　それで終わりなのか！　ましてや俺のために死んでしまった人間は！　俺は知った風に話すお前の詭弁もムカつくんだ！」

英雄は吐き捨てるように言葉を発したがこの時、祐人は初めて英雄の生の顔を見た気がした。変わらず攻撃的で挑発的な顔を向けてくるがどこか頼りない英雄の顔だ。

今までの態度や振る舞い、そして自分に聞きたいことがあると言って問答無用に戦いを押し付けてきた行動は、過去の経験が作った仮面がさせてきたものなのかもしれない。

「あの人……」

この時、ニイナは英雄から今までにない印象を受ける。

「まるで子供みたい。分からないことを分かっていると自分に言い聞かせて、本当はこれでいいのか疑問に思っているのに答えが見つからなくてイライラして」

ニイナは祐人と対峙する英雄の表情を見て不思議とこんな印象が浮かんできた。

「ふむ、どうやら強さの定義に拘っているようですね。あの黄家の坊ちゃんは。あそこまで感情的なのは過去に何かあったか言われたんでしょうかね」

それはニイナも感じていた。

ただ、だからといってこれほど他人とぶつかり合う意味は分からない。

（多分、未熟で純真なのね）

祐人は出現させていた倚白を鞘に納め、英雄を見下ろした。

「失ったものはもう戻らない」

何かを言おうとした英雄は止まった。

それは祐人の表情から険が取れて、悲しみを帯びた瞳を見たからだ。

英雄にも分かる。

それが失った者が見せる哀愁だと。

（堂杜さん？）

ニイナも遠巻きながら祐人の背中に力が失せているのを感じ取った。

（そういえば堂杜さんもお母さんがいないって言っていた）

ニイナは神妙な顔になると祐人の言葉に自分を重ねてしまう。

普段、悲しみは決して見せないがニイナも実の母と父を失っているのだ。

「でも今現在、失ってはならないものはあるよ。それを教えてくれたんだ。失った人たちは」

「そうですね。とても大事な、大事なお土産（みやげ）です」

そこにニイナが近寄ってきた。

英雄はハッとしてニイナに視線を移すとニイナはニコッと笑った。

それだけで英雄はニイナの境遇（きょうぐう）も想像できる。

そしてその笑顔がまぶしく感じられて目を逸（そ）らした。

何故か自分が格好悪く感じられたのだ。

「英雄さんももらったのでしょう？　大事な人に」

「ふん」

「英雄君、僕は強くないと言った。でも僕は強くなるよ。何が何でも生き続けて皆（みな）が示してくれたことを体現する。昔、僕に教えてくれた戦友がいた。生きて追い求め続けている人間に負けはない、って。僕はその時、その言葉を普通（ふつう）だなと思った。でも今はそれがと

ても重い」

「お前はさっき負けてもいいと言ってただろうが」

「僕が負けてはならないと決めたことにだよ。そうして生き続けていくだけであの人たちが存在したことに意味を添える！　それしか僕にはできない。でも絶対にやる。他人がどう思おうが気にしない。だって僕が分かっていればいいんだ。僕だけが」

英雄はハッとして祐人を見つめた。

祐人の過去は知らない。

しかし、今、祐人の発した言葉で英雄の頭がクリアになっていくのを感じたのだ。

〝英雄様、いや、英雄君。どうか強くなって欲しい。そして自分を信じるんだ。それが僕のやってきたことに彩を増す。死んだあとだってどんどんね。だから英雄君は生き続けて、僕の生きた証拠に色んな意味を添えておくれ〟

（あの文駿の言葉は）

「はい！　では喧嘩も終わりですね。仲直りしてください」

ニイナが笑顔で手を叩く。

どうやらこれでこの場を収めようとしているようだ。

「え？」

「は？」

「ちょっと待って、ニイナさん。僕は一方的に巻き込まれたというか、それに仲直りも何も最初から仲が良かったわけじゃ」

「おい、俺は喧嘩なんて子供じみたことをしてないぞ。ただこいつに聞きたいことがあって」

祐人と勢いよく立ち上がった英雄が声を上げる。

「はーい？」

「「う！」」

ニイナは笑顔のままなのに表情に隙がない。

まったくない。

「堂杜さん」

「はい！」

「あなたは黄家に何をしに来たんでしょうか」

「そ、それは秋華さんの護衛です」

「そうですよね。それで依頼主のお兄様と殴り合いどころか切りつけ合いってどういうことですか？　依頼主の秋華さんに対してどう説明するんですか？　謝ってください。英雄

さんに」

「うう！」

ニイナに何も言い返せない祐人を不思議なものを見るように見つめる英雄だったが、さすがに祐人が謝ることはないだろうと考える。正直、謝ってほしくもない。

「英雄君、すみませんでした！」

「はーん⁉」

英雄は驚きつつ「お前、それでいいのか？」という顔を祐人に向ける。

「はい、これで英雄さん、堂杜さんを許してください。本人は深ーく反省していますので」

「お、おう。これからは気を付けるんだな。大体、お前は態度が生意気……」

「英雄さん」

「な、何だ？　ニイナ……さん」

無意識に敬称をつけてしまった英雄。

「ここは英雄さんも謝るところはないでしょうか」

「あーん⁉　何だと！　何で俺が」

「そうですか。黄家は依頼を受けたとはいえ、秋華さんの客人と紹介された人に喧嘩を売って大立ち回りをした挙句、謝罪させるだけで何もしないんですね。これは仕方ないです。

こちらにも落ち度がありますし、秋華さんに事情を説明して帰ります」

「え⁉　秋華に⁉」

「はい、それが筋ですので。あ、でもお互いに後腐れなくここで仲直りして尾も引かないということであればそこまでする必要はないかもしれません」

英雄は秋華の顔を思い浮かべてニイナを見つめる。

ニイナは相変わらず笑顔だ。

（この女はマジだ）

英雄の額から冷たい汗が流れる。

英雄は祐人に視線を移すと祐人は青ざめた顔で震えている。

完全に敗北者の顔だ。

（お前の負けていいところってこれ？）

「どうしましょう？」

「待て！　わ、分かった。俺にも落ち度がなかった訳でもないかもしれない」

英雄は祐人にぎこちなく近づくと……頭を下げた。

「悪かった。ここはお互いに水に流そう」

祐人はコクコクと何度も頷く。

「仲直りしましたか？」

「しました！」

「した！」

「おい、堂杜。ニイナ……さんは能力者か？　圧迫感がすごいぞ」

「そんな訳ないでしょう。一般人だよ、超優秀な。圧迫感は同意するけど」

「何か、言いました？」

「何にも！」

祐人と英雄は咄嗟に互いに肩に手を回し仲の良さをアピールする。

「まったく、男の人は何でこんなに馬鹿なんですか」

ニイナがプリプリしてると英雄が祐人に目を向けた。

祐人はその視線に気づき、英雄に情けない顔を向ける。

すると、英雄は思わず噴き出した。

「お前、何て顔をしているんだ！」

「英雄君だってそうだよ！　それが黄家嫡男の顔かって！」

「あーん！」

「何だよ！」

「はい、まだお話が足りないようですね」

その後、大いに説教を受けた二人だった。

第6章　急変

大威たちはニイナから祐人と英雄の喧嘩の話をそれは楽し気に聞いていた。

途中、雨花は自らお茶を用意して皆に振舞うとその時の状況や感想をニイナに聞き、さらに微笑んだ。

「あとで英雄にも聞きたいわ」

「それはやめてあげてください！」

祐人が必死に、さらには英雄を庇うような発言をしたので雨花も大威も肩を揺らす。

喧嘩の話を一通り聞き終え、雨花が改めて祐人たちに新しいお茶を用意すると大威が表情を改めて口を開いた。

「では、ここにきたそもそもの話を聞こう。だがその前にだ、堂杜君」

口調は穏やかだが大威の鋭い視線がガストンに向く。

「何故、ここに人ならざるものを呼んだのかを説明してくれ」

ニイナは大威の静かな迫力に緊張した顔をするが、祐人は落ち着いた調子でニッと笑っ

て頷いた。

ガストンは現在、ある理由で【ポジショニング】を発動していない。

それでも初見でガストンが人外であることを見抜くのは容易なことではないが黄家の当主大威にはすでに見抜かれていた。

これは大威が優れた能力者であることだけではなく黄家自体が【憑依される者】を操る家系であることから人外に対する知識、感度が高いだろうと推測できる。

祐人にとってはこれも予想の範囲内であった。

「そのつもりです。ですがその前にこの場に呼んで頂きたい方がいます」

「誰だね」

「孟楽際さんです。あの方にもこれから話す内容を聞いていただきたい」

「今、楽際は明日の秘儀の最終調整のために秋華と幻魔の間にいる。秘儀を執り行うのに非常に重要なものだ。どうしても呼ばなくてはならないかね？」

「はい、是非、呼んでほしいです。これからお話しすることにどうしても必要な方なんです」

しばし大威は沈黙し祐人の真剣な目を見つめると、ふうと息を吐いた。

「分かった……君を信用しよう」

大威が雨花に目をやると雨花は頷き、内線で黄家の従者に楽際を呼ぶように連絡をした。

しばらくすると楽際が現れて部屋にいる面々に怪訝そうな表情を隠さなかった。

「このような時にすまぬな、楽際」

「いえ、しかし大威様、どのような用向きでしょうか」

「堂杜君、話を始めてくれ」

「分かりました」

祐人は頷き面談を申し込んだ真意を話しだした。

「まず、こちらのガストンですが、彼は吸血鬼です」

「吸血鬼⁉」

これにはさすがの大威も驚きを隠せず、雨花と楽際は呆気にとられた。

ニイナは能力者でも驚く内容なのか、と思わず感心した。

もちろん一般人の自分は事前に聞かされていても驚いたし恐怖も感じたのだが、相手がミレマーで話したガストンと聞いて別の意味で驚いたものだった。

（ガストンさんのことでさえ覚えているのに何故、堂杜さんのことは覚えてないのかしら）

ニイナはそのように考えると心が苦しくなり祐人の横顔を盗み見た。

「どうも、です。私は堂杜の旦那の友人で害意はまったくありませんのでご心配なさらず

にお願いします。本当は表立って顔を出したくない事情があるのですが、旦那たってのお願いでしたのでこちらにお邪魔させていただきました」

　大威たちは目を見合わせた。

　吸血鬼などという大物の人外を友人に持つ能力者など聞いたことがない。

　吸血鬼は魔力系人外の筆頭に挙がるほどの人外であり、S級の脅威を持つ者が複数いるというのは有名な話だ。

　だが吸血鬼たちは目立つことを極度に嫌い、人間社会に紛れて生活して表にはほぼ出てこないはずの人外なのだ。

　それをお願いされたから来た、というのはありえないレベルの話である。

「まったく君はどこまで我々を驚かせればいいのか」

「本当であれば一体、どこで知り合うのでしょうか」

「吸血鬼は私も初めて会いました」

「すみません、大威さん。ですが彼がいなければ調査ができないので来てもらったのです」

「調査？　それが今回、話したい内容なのか。一体、何の調査だね？」

「はい、結論から言います。黄家に裏切者がいる可能性があります。そしてその裏切者は秋華さんを狙っている。具体的には明日の秘儀で何かを仕掛けてくるのではないかと考え

ています」

この切り出しに大威は目を細め雨花と楽際は目を見開く。

「いきなりな話だな」

「今からお話しすることは僕とニイナさんの予想が多分に含まれています。ですが、それでこのガストンを呼んだことと繋がります」

祐人はそう言うと祐人とニイナが何故、この考えに至ったのかを話し出した。

◆

「それでそのガストンというわけか。彼がその【ポジショニング】を使っている人物に会えば確認できるということだな」

「はい、信じていただけるでしょうか」

「それにしても我が家に裏切者などと思いましたが、そういうことであれば理解はできます。【ポジショニング】なる能力があることは聞いていましたが、堂杜君の言う通りの力があれば外部からの侵入を許してしまう可能性はあります。しかし……」

雨花は扇子を握り直し眉間に皺を寄せる。

雨花の言うことは理解できる。要はポジショニングの能力が本当にそれほど強力な力を発揮するものなのかが信じられないのであろう。

ニイナはポジショニングの効果をミレマーで経験済みなので、ポジショニングの恐ろしさは分かっている。実際、今、横にいるガストンにかけられたのだ。

今思えばあの時、初対面なのに何故あんなに心を許したのかよく分かった。

（本当に怖い能力です）

「ガストンの話ではポジショニングの能力を扱う者同士が会うとポジショニングが通用しないようです。また面と向かって会えばポジショニングの有無が分かるそうです」

「はい、私は以前に私以外のポジショニングの保持者に会いました。その時にポジショニングを発動している者独特の雰囲気を知りましたので間近で会えば間違いなく分かります」

ガストンは自信満々にそう言うとにっこりとした。

「それでは披露しましょう」

途端にガストンを見る大威と雨花が困惑した表情になった。

「目の前で私を確認していれば完全に騙されはしませんが影響は受けます。どうですか？私に対する警戒心が薄らいでいませんでしょうか。今、私は大威様や雨花様の昔からの友人というポジションを取りました」

「むう」

「こ、これは」

「これを何の前情報もなく使われた場合を想像してください。ちなみにニイナさんと祐人の旦那が警戒する相手が今回の黒幕と仮定すれば、あちらのポジショニングの能力の方が強力な可能性があります」

ガストンはポジショニングを解いた。

すると大威と雨花は目を覚ましたような顔になった直後、深刻な表情に変わる。

「ニイナさん、楽際を呼んだのはこれに関係するということですか？」

「はい、雨花さん。ただ先ほどの話はまだ憶測の域を出ないことは知っておいてください。念のため、お世話になっている黄家の従者の方々に挨拶をして回りました。やはり、というか今のところポジショニングの能力を使っている方はいなかったです。ね、ガストンさん」

「そうですね、いなかったですね」

「それでは私たちを集めたのは何故です？」

「この相手……いえ、もう敵と表現しますが私は最初、敵は黄家の従者の方に成りすましていると想像しましたが、それは違うと考えました」

「何故です」

「それではとれる情報はたかが知れているからです。できて屋敷の見取り図、その他、噂程度でしょう。私が考えるにこの敵はもっともっと黄家の内側を知っている可能性があります。それも黄家のトップシークレットにも関わるような情報をです。そしてその情報は今、ここにいる三人からしか取れないと判断しました」

このニイナの言葉に大威、雨花、楽際の表情にただならぬ緊張が走った。

ニイナは若干表情を暗くする。

今、話した内容は伝えられる側にとって、とても不愉快で許されざるものである。

大威はそのニイナの表情の変化を伺っているような眼をすると口を開いた。

「ニイナ君、君の発言は我々にとって冒涜ともとれるほどの無礼だと分かっているのか」

「はい、分かっています」

「ふむ」

「ただ、この無礼を差し引いても伝えるべきだと考えました。先にも言いましたがたしかに憶測が含まれています。ですが事実を確認する必要があると考えるにいたりました。それとですが大事な点を伝えておきます。私は誰も裏切っていないままに敵に情報が流れている可能性を考えています」

ニイナの妙な表現に黄家の人間たちは怪訝そうな目を向ける。

「それが【ポジショニング】ですね、ニイナさん」

雨花の発した言葉に大威は目を細め、楽際はハッとした表情になる。

何故、わざわざガストンなる吸血鬼をこの場に招いたのかはここにつながる。先ほどの実演で【ポジショニング】なるスキルが恐ろしいものだということは理解してもらった。

ニイナは無言で頷いた。

「この考えにいたった背景をお伝えします。それは会食を襲撃してきた人たちの行動です。まず黄家を襲撃する理由です。私怨や復讐など何でもありそうですが、やはり黄家を襲う理由としてそれらも網羅することができて且つメリットが大きいのは【憑依される者】の解析でしょう。私は能力者ではないですが聞く限り、どれだけの値が付くか分からないほどの価値があります」

「ふむ」

この点に関して黄家の人間として異論はない。

実際、黄家にちょっかいを出してきた連中の大半がこの能力者の世界でも有数な固有伝承スキル【憑依される者】の情報をとることを目的としていた。

そもそも、どの能力者家系もそれぞれに術や技の奥義を伝承しているため、これらが盗

まれないように気を配っている。

ましてや特殊な固有伝承スキルまである能力者家系は尚更である。

となるとこれら術の解析に関わる情報の価値は計り知れない。

「ですが、これを前提条件であの襲撃を思い起こしてみると妙な点が多いんです」

「妙な点かね？」

「はい、まずはタイミングです。普通、あのようにこちらの人員が揃っているときに襲撃などかけてくるでしょうか。もしそうならどうにも無能すぎます。大威さん、雨花さんがいる会食、しかもSSランクの王俊豪さんが来ているにもかかわらず、です」

「それは私も考えていました。随分なおバカがいるものだと思いました。ですが彼らは『蛇』と言われ、相当な手練れだったのも事実です。己の腕に自信があってのものという可能性もあるのでは？」

「それとたまたまあの日だった、ということもあるのではないかね？　あの日の会食は急遽決まったものだった。それに俊豪殿を招いたのは秋華様で私も知らなかったことです。さらに言えばあなたたちを護衛に雇ったということも知らされておりませんでした」

雨花がそう言い楽際も続いて発言するがニイナは首を振った。

「たしかに雨花さんが仰ったような可能性はあります。優秀な傭兵であればこそ軽々と突

撃はしません。つまり自信があった可能性はあります。ただ当日の相手戦力を知らなかったなどはあり得ないです。王俊豪さんは襲撃当日に車で来ているんですよ。普通、襲撃当日は標的の建物や出入りする人物を観察して、場合によっては予定の変更もするのではないでしょうか」

「ふむ」

「ここで推測です。それでも『蛇』は襲撃してきました。何故か？　私の考えは雨花さんと同じです。つまり自信、勝算があった、ということだと思います。ですが、この考えにはやはり無理があるんです。そう思いませんか？　堂杜さんは無名で相手に知られてなかったとしても名門黄家の当主夫妻、英雄さん、加えて王俊豪さんがいるんです」

「ではお嬢さんは何故、勝算があると考えたと思うのかね？」

楽際のこの問いにニイナは力の籠った眼で即答した。

「黄家の超重要情報が洩れていたからです。大威さんが戦闘できる状態ではない、という黄家のトップシークレットを知っていたんです」

「な⁉」

「また王俊豪さんは決して動かない、とも分かっていた。もちろんＳＰＩＲＩＴも関わってこないでしょう。だから仕掛けてきたんです。結果として警戒すべきは雨花さんのみ、

それと一応、堂杜さんも牽制しておく、そういう戦い方でした」

「馬鹿な、一体、どこから大威様の情報を……」

「これは推測です。ですがそう考えないと中々、合点がいきません。もし推測通りなら敵の情報力は相当なものです。あとこれだけではありません。妙な点は他にもあります」

ニイナは続けて次の点に移った。

「それは標的です。何故、秋華さんを狙ったのか。秘術【憑依される者】の秘密を暴くのに秋華さんを攫うのが一番いいでしょうか？　確かに黄家直系で秋華さんは良い研究対象かもしれません。ですがどうにも私にはここが疑問でした。普通は体得した人間を狙うのではないでしょうか。この場合、戦闘ができない大威さんや一番若い英雄さんを狙うのが常套でしょう。もしくはただ情報を聞き出すという意味では黄家よりも戦闘力で劣る孟家の方々という手もあります」

「むう……」

これには大威たちも眉根を寄せる。

「ですが今回、襲撃者たちは明らかに秋華さんだけを狙いました。しかも深刻なことは」

ニイナは自分に視線を注ぐ黄家の人間たちを見つめ返し、横に座る祐人に顔を向けると前を向いた。

「明らかに秋華さんを殺そうとしていた、ということです」

「……!?」

大威たちの目に力が籠もる。

能力者家系でも有数の名家、黄家の中枢三人の気迫はニイナの想像を絶する圧迫感があった。

だが、話はこれで終わりではない。

ニイナはまだすべてを伝えていない。

「これは本当です。襲撃時、彼らの殺気は確かに秋華さんに向かっていました。あれは誘拐や人質を考えるような気配ではありません。対応を間違えればその場で秋華さんを殺して脱出していた可能性が高いと思います」

祐人が息苦しそうにしているニイナに助け舟を出すかのように割って入った。

「それは間違いないのかね、祐人君」

「間違いありません。僕はあの後、どうして黄家、孟家の人間の反応が鈍かったのか不思議でした。ですが後で分かりました。黄家を襲う連中のほとんどが殺害を目的とせず、誘拐を試みてきたみたいですね。なるほど、【憑依される者】を研究するためには死体では無理です。黄家の直系は襲撃を腐るほど経験していますが、すぐに殺される恐れはない」

祐人は黄家重鎮(じゅうちん)三人を見まわすと、皮肉めいた言葉を吐いた。

「ここでも【憑依される者】に助けられていたんですね、黄家は」

「なっ⁉」

これには楽際も眉間に皺を寄せて拳(こぶし)を握る。

祐人はこう言っているのだ。

黄家は〝平和ボケ〟している、と。

実は祐人はその黄家の緩(ゆる)みが秋華を危険にさらしたことに腹を立てていた。それで無用な嫌味(いやみ)を言ってしまった。

するとニイナが祐人の胸に手の甲(こう)を当てて窘(たしな)める仕草をし、大威たちには頭を下げた。

つまり祐人の代わりにニイナが非礼を謝罪したのだった。

それを見て祐人はハッとし、一緒(いっしょ)に頭を下げた。

この点で祐人の若く未熟なところが垣間見(かいまみ)える。

はるかに年上の大威たちに、しかもこのタイミングで言うことではない。

ただ大威たちはニイナの謝罪もあったということもあったが誰も祐人に言い返さず厳しい表情をするのみだった。

それは祐人の言うことは正鵠(せいこく)を射ている側面も多々あったからだった。

自分の娘を殺されそうになっているのだ。これは改めるべきは自分たちである。

襲撃者の目的が誘拐と暗殺では対応がまったく変わる。

それを黄家の人間たちは暗殺されない、誘拐目的しかありえない、【憑依される者】の情報は何よりも有益なのだと当然に考えすぎていた。

ニイナは再び説明を始めた。

「私はこれらのことを考えて敵が【憑依される者】の情報収集、解析をしようとしているという前提条件が崩れました」

「しかし【憑依される者】が目的ではないとなると一体、何が目的なのか。今回のは単純に秋華様の暗殺未遂というのかね。それほど秋華様が恨みを買っていたとでも……むう」

ここまで話したところで楽際は口をつぐみ困ったように目を瞑る。

同時に大威、雨花も頭が痛そうにそれぞれ額に手を当てた。

それは全員が「秋華ならあり得る」と言っているかのようだった。

「違います、秋華さんを個人的に恨む人間の仕業ではないと考えています。いえ……その可能性も考えましたが、やはり違うと思います」

話している内容は深刻なのにもかかわらず、何故か秋華を庇うような形になったことにニイナは乾いた笑顔になる。

が、すぐに真剣な顔を大威たちに向けた。

「私はもっと最悪で最上級に気分の悪い敵の意図を想像しました。それでいくと皆が集まった時の方がいいんです。ですので、あの時の会食はむしろ願ったりかなったりのタイミングでした」

「ニイナ君、どういうことかね」

大威が目を細めると、ニイナは一度閉じた目を開けた。

「おそらく敵の目的はニイナさんの【憑依される者】の暴走」

そこにいる黄家重鎮たちは目を見開く。


「それで黄家を丸ごと潰すことを考えていたのだと思います」


ニイナの考察に一同が静まり返る。

が、しばらくすると一番の年長者である楽際が笑い出した。

「何を言うかと思えば……ニイナさんとやらは随分と想像力逞しい女性ですな」

「はい、楽際さんの言う通りです」

笑う楽際に対しニイナも笑みで返した。

「は？」

「私の今、お伝えしたことは想像したものにすぎません。ですが伝えておこうと思ったのです。慣れとは恐ろしいものです。私のような一般人は先日のような襲撃があれば恐怖に慄いて助かった後も相手の特定、目的が分かるまで気が気ではないです。ところが、皆さんはあの襲撃者を時々現れるいつもの愚か者として片付けている。こういう時こそ危ないのではないかと小心者の私は思ってしまうのです」

「……む」

「間違っているのならそれでいいんです。誇大妄想をした馬鹿で小心者の私が笑われるだけです。その程度のことなら友人に何かあったことと比べれば大したことではありません」

静かに語るニイナを見て楽際は笑みを零してしまった。

彼女から秋華を心配し、秋華を想う気持ちが伝わってきたからだ。

主家の令嬢に考えを巡らしている人物を笑う理由など楽際にはない。

むしろ年派のいかぬこの少女に感謝の気持ちを込めて頭を下げた。

「失礼した。ニイナさんの言う通りですな。こちらが甘かったのかもしれません。先ほどの堂杜君の嫌味も反省の糧としなければなりませんな」

楽際がそう言うとニイナは恐縮するようにお辞儀を返す。

横でそのやり取りを見ていた祐人は感心した。

名門黄家に連なる人間が素直に耳を傾けるとは意外だったのだ。

（いや、ニイナさんの誠実な姿勢が伝わったんだろうな。ニイナさんは相手が誰であろうとも不快にさせずに会話ができる能力を持っている。本当に凄い人だ）

また、ニイナが秋華を〝友人〟と表現したことを祐人は意外に思った。

いつもは秋華と関わることを苦手そうにしているが、それとは別にしっかりと秋華の本質を見ようとしていたのかもしれない。

「それでニイナ君、君の想像の続きを聞きたい。何故、この敵は黄家を潰そうというのか。私怨でないとするのなら、そのようなことをして何のメリットがあるというのか」

大威がニイナに問いかける。

「正直に言います。分かりません」

「ほう」

ニイナのハッキリとした回答に大威が目を細めた。

ここまで語っておいてその答えか、とは思っていない表情だ。

それはこの後のニイナの考察を待っているようだった。

つまりニイナの出来事の把握能力を認め何かを期待しているのだ。

楽際や雨花も同様だ。

祐人はこれを見てニイナが黄家の重鎮三人からある種の信頼を勝ち取っていることが分かった。

(ニイナさん、凄すぎ。この短い間に三人を引きこんでしまった)

この少女が分からないと言っているのは本当だろう。

分かったつもりになるような人間ではない。

それが故に信頼が置けるのだろう。

「ですが想像の幅を広げるとヒントがあるかもしれません。精度はかなり下がりますが」

「構わんよ、言ってみてくれ」

「私も聞いてみたいわ。幅ってどういうことかしら？」

「分かりました。幅というのは今回の襲撃から離れて、もっと大きく状況を見てみるという感じです」

「それは？」

「黄家は現在、能力者たちの世界でどういう立ち位置かまで考えてみます。私は戦闘に関して素人ですが、黄家は聞いている限り強力な力を持つ家系です。祐人さんから【憑依される者】はとんでもない能力だと再三聞いています」

「ふむ」

「そして世界能力者機関の立ち上げにも深くかかわり影響力も持っています。つまりここだけ切り抜きますが、黄家は非常に手強く機関にも近しい家、となります」

ニイナはここまで言うと祐人に顔を向けた。この考えが浮かんだのは祐人と話しているときだった。祐人と話していると色々なことに気づき考えが纏まってくる。

そういうところは物事を深掘りする癖のあるニイナにとって居心地がよかった。

(何故かしら？　堂杜さんは私の特徴を引き出すの)

祐人が何？　と首を傾げるとニイナはフッと笑みを見せた。

この時だった。ほんの一瞬、ミレマーの自分の部屋で祐人と向かい合って話した映像が浮かび、ハッとする。

(今のは私の記憶？　何かしら、この感覚は)

ニイナは祐人との間にあったはずの何かが思い出されそうなモヤモヤに包まれた。

「それでそれが何に繋がるのかね？」

だが大威に続きを促されニイナは慌てて頭を切り替え前を向いた。

「あ、はい。実はこの点に私は既視感を覚えました。それは耳に入っていると思いますが、つい最近の四天寺家の状況と酷似していると思ったのです」

このニイナの言葉に大威たちは顔を強張らせた。

「今回の敵が四天寺家を襲った連中と水面下で繋がっていると仮定します。この敵……いえ敵たちは何か大きなことを狙っており、その際に邪魔になるだろう強力な家を先に潰そうとしているのではないか、と思えてなりません」

大威たちはそれぞれにニイナの言うことを吟味しているような面持ちになった。

「つまりニイナ君は先の秋華を狙った襲撃はいつもの私怨や【憑依される者】の秘密を暴こうとしているように見せて実は黄家そのものの排除、もしくは没落を狙ったものと言うのか」

「いえ、その可能性がある、ということです」

「待ってください、ニイナさん。それでその大きな狙いとは何が考えられるのです？」

雨花はどうにもすっきりしない表情でニイナに聞いた。

「具体的なことは分かりませんが方向性は何となく想像できます。機関と太い繋がりがあり非常に強い力を持った家系を平気で狙う者たちです。おそらく機関が目指すものと別、まったく違う方向の理念がありその状況を作り上げることを目標にしていると考えます。となりますと機関と機関を支える能力者家系の排除を考えても不思議ではありません」

「機関の理念とまったく違う理念ですか。まあ確かにそういう者たちが過去にいました。

今でも私たちの間では有名な話です。第一次世界大戦の裏で起きた能力者たちの大規模な諍いがまさに機関設立時に起きたのです」

「能力者大戦……」

祐人が口を挟んだ。というより深い意味はなく口にしたという感じだったがニイナと大威たちは祐人に目を向ける。

ニイナには能力者大戦についての知識はない。ここで初めて聞いた。

しかし、とても不穏な印象を受けた。

「ちょっとお待ちください。話が大きくなりすぎだ。たしかに我々は襲撃を受けたが、それは別に今回だけのことではない。それを今回に限って機関を狙う連中が犯人だというのは話が飛躍しすぎではないか」

さすがに楽際が声を上げる。これは尤もな意見だといえる。

いきなり能力者大戦につながると言われて「はい、そうですか」とはならないだろう。

「はい、そうかもしれません。今、お話ししましたのは今回の襲撃は私怨の線が薄く、【憑依される者】にも興味がないのでは？　と推測したのが始まりです。では何を理由に黄家を襲ったのか、を直近の四天寺家に起きたことと照らし合わせてこのような考えに至りました。ただ、黄家のトップシークレットを知っている可能性だけは高いんです。秋華さん

の暴走や大威さんが戦えない、などのことをです。どうにもこれが気味悪く、皆様に伝えたかったのです」

　ニイナの言に深刻な空気が流れるが大威が冷静に口を開いた。

「とはいえだ。まだ想像の域であることも確かだ。しかし、ニイナ君の言っていることは警戒するに足る考察だと感じた。それに私はニイナ君と堂杜君は信用して良いと思っている」

　そう言い大威が雨花と楽際に顔を向けると、二人は信頼している当主に頷き同意してみせた。

「君たちの提案通り黄家内の調査をしていただこう。もし【ポジショニング】の使い手がいるのであれば恐ろしい相手だ。間違っていればそれはそれでよし。幻魔降ろしの儀の前に不安を取り除いておくことは重要だろう」

「ありがとうございます」

「いや、礼を言うのはこちらだ。秋華の護衛の仕事とはいえ、ここまで心を砕いてもらっているのだ」

「本当に。特にニイナさんは我が家に欲しいくらいです。どうですか？　英雄は」

「ええ!?　いえ、私は能力者ではありませんし！　英雄さんは私では手に負えないです」

「あらそう？　うちは能力者であるかでないかとか気にしないですよ。それに英雄には数枚上手の女性がいいと思っていたのです。ニイナさんなら数百枚上手でしょうし、良いように転がしてくれればいいだけよ」

　本気とも冗談とも取れない雨花の提案にニイナが顔を赤くしてブンブンと首を振った。

　随分と余裕の無い様子をみた雨花は先ほどと違う年相応の反応に笑みを零す。

「その前にニイナ君、聞いておきたい。もし裏切り者がいるとした場合、君が考える人物像は何だね？　それで私たちも絞れるかもしれない」

「あ、はい。そうですね、まずは黄家に来て三年から五年以上は経っていると考えます。そうでなければ能力者の名門黄家の人たちを相手に、たとえ【ポジショニング】があったとしてもトップシークレットにまでたどり着かないと思います」

「ふむ、従者の入れ替わりはそんなにないはずだ。調べてみよう。しかし、それほど前から目をつけられていたとしたらさすがに気色悪い」

「または親友の伝手、もしくは遠縁という形で来る可能性も高いとも思います。やはり血の繋がりがわずかでもあると安心するものですから」

　ニイナが考えを述べると「なるほど」と黄家の重鎮たちが頷いた直後、三人の顔が極度に引き締まった。

楽際は口に手を当ててワナワナと震えだす。

「三年以上前で遠縁……ハッ！　いやまさか、しかし」

「どうされました？　心当たりでも」

祐人が三人の様子を窺い尋ねたその時、部屋のドアを激しく叩く音と大きな声が聞こえてくる。

「堂杜さん、いますか⁉」

「琴音様、お待ちください。今、中で大威様たちとご面談中です」

部屋の外から黄家の従者たちとのやりとりが聞こえてくる。

「琴音ちゃんだ。どうしたんだろう？　僕に用事かな」

祐人はニイナと目を合わせると大威たちにお辞儀をして部屋の外へ向かった。祐人がドアを開けると琴音はまるで飛び込むように祐人に走り寄る。

「堂杜さん！」

「ど、どうしたの、琴音ちゃん」

「秋華ちゃんが浩然さんに呼ばれて連れていかれたのですが全然帰ってこなくて。何だかとても嫌な予感がするんです。こんな感覚は初めてで、どう伝えたらいいのか分からないんですが居ても立ってもいられなくなって、とにかく堂杜さんに伝えようと思ったんで

す！」

「落ち着いて、琴音ちゃん。それはどういうことだい？」

「分からないんです。精霊（せいれい）たちがまるで私を突（つ）き動かそうとするような初めての感覚で」

必死な表情の琴音を見て祐人は眉根を寄せた。

（精霊が？　それはまるで高位の精霊使いの）

「待ちなさい。今、浩然が秋華様を連れて行ったと仰いましたか？　私はそんな指示を出してないですぞ」

楽際が琴音の発言が耳に入ると驚（おどろ）いた顔をして前に出てきた。

「でも幻魔降ろしの儀の最終確認があると言って秋華ちゃんを連れて行ったんです。私は部屋で待っていてくださいと言われたんですが、いつまでも帰ってこないので不安になってしまって」

この時、強烈（きょうれつ）な霊圧（れいあつ）が波のように通り過ぎていく。

「う！　これは⁉」

「こ、これはまさか！　幻魔降ろしの際に起きる霊力波（れいりょくは）！　浩然、何をやってるんだ」

顔を青くした楽際の様子に祐人は衝動的（しょうどうてき）に走り出す。

「ガストン！」

「もちろん行きますよ、旦那」

「我々も行くぞ、雨花、楽際」

そう言うと大威たちもすぐに祐人の後を追った。


――半刻前。

琴音はようやく両親の質問攻め(ぜ)から解放され秋華の自室に向かった。

「秋華ちゃん、いる？」

「あれ？　琴音ちゃん？　いいよ、入って」

琴音は許可を得ると疲(つか)れたと言葉にする代わりに大きな息を吐(は)きながら中に入った。

秋華はラフな格好で機嫌(きげん)がよさそうにベッドでくつろいでおり、その姿に何となく琴音もリラックスした気分になった。

「琴音ちゃん、ご両親は？」

「うん、もう帰ると言ってました」

「そう、意外だねぇ」

「何がですが？」

「ほら、琴音ちゃんを連れて帰るって言うと思ってたから。だってあの調子だと連れ戻し

に来たんでしょう。私に誑かされたと思って。お兄さんみたいなどこの馬の骨とも知れない男と引き合わせた私に文句を言いに来たと思うし」

いたずらっぽい顔で笑いながら楽しそうに語る秋華に琴音は苦笑いする。

だが以前までのようなどこか弱弱しい表情ではない。

実際、琴音は落ち着いている。

「ああ、そう言われたんですけど、まだ帰らないと伝えたら、分かったって言ってくれました」

「へえ〜」

琴音と秋華はにっこりと笑いあった。

秋華はこれ以上、琴音の説明に言及しない。もう別に不思議なことだと思わないからだ。

琴音もちょっと前の自分なら両親を前にすれば従っていただろうと思う。

だが今は自分の中に起きる衝動に素直に従いたいと思い、何よりもそれを伝えるようになった。

（私は変わったのかな？　ううん、それとも違う気がする。でもこれは堂杜さんの修行の影響なんだろうな）

「それよりもさ、琴音ちゃん、この雑誌を見て見て！」

「え？　あ、可愛いですね」

　秋華は先ほどまでチェックしていたファッション雑誌を広げて琴音に見せると、そこに様々な服や流行アイテムが紹介されていた。

「ふふふ、絶対これなんか琴音ちゃんに似合うよ」

「でも、ちょっと私には派手な気が」

「全然、そんなことないよ。明日の幻魔降ろしの儀が終わったら絶対、買いに行こうね。堂杜のお兄さんも付き合わせて、ぷぷぷ」

　琴音は楽し気な秋華に笑顔で返し「幻魔降ろしの儀が終わったら」という言葉に力強く頷いた。そして秋華が秘儀の先のことを語っていることが嬉しく、何故かホッとしたような安心感が広がっていく。

　その後はしばらく買い物とスイーツの話題で花が咲き、傍から見ても二人の少女による華やかな空間が作り上げられていた。

　すると、この雰囲気を中断させるようにドアがノックされた。

「秋華様、よろしいでしょうか。浩然です」

　二人は顔を見合わせると秋華は笑顔を消し、ベッドを降りてドアを開けた。

「浩然、何かしら」

浩然は部屋の中に琴音がいることに気づくといつもの頼りない笑顔で会釈をした。

ドアのところで秋華と浩然がやり取りをすると秋華がため息をついた。

「分かったわ、すぐに行くから待ってて」

「承知いたしました」

ドアを閉めると秋華は琴音に顔を向け、おどけてみせた。

「秋華ちゃん？」

「ごめん、琴音ちゃん、明日のチェックをしたいから来てくれだって。前回はそんなことなかったのに、もう。まあ、楽際たちも過敏になっているのかしらね」

「そうですか」

「あ、そうだ、琴音ちゃん。明日まであまり話せないかもしれないから伝えておくね。もし、私に万が一のことがあったら」

「秋華ちゃん！」

不穏なことを言おうとしていることに気づき琴音は思わず大きな声を上げてしまう。

だが秋華はそれを制するように、また心配させないようにいつもの悪戯好きな少女の笑顔になる。

「万が一よ、万が一！　大丈夫よ、今は自信しかないから。ただね、もしもの時は琴音ち

ゃんはすぐに屋敷から出てね。それと堂杜のお兄さんたちも連れて行ってほしいの」

「え？　堂杜さんも」

「そうそう、実を言うと私は保険をかけているのよ。失敗したときの、ね」

「保険ですか？」

「そう！　この私が無策で自分や皆を危険に晒すわけないじゃない」

ニヤッと笑う秋華だが琴音はそれに釣られなかった。

「秋華ちゃん、やっぱり私はその時になって逃げるのは無理です。あ、もちろん成功するって信じてます。けど、もし秋華ちゃんに危ないことが起きてそれを放っておくなんて私にはできないです」

琴音の意外に強い語気に秋華は目を丸くする。

「私はあの時、修行前に秋華ちゃんの話を聞いた時、秋華ちゃんの覚悟を凄いとも思いました」

それは修行をする前にここで祐人と共に秋華の想いを聞いたことを言っていた。

「秋華ちゃんが自分を黄家のお荷物だと悩んで、でもそんな自分を大事にしてくれている両親に対する感謝や、お兄さんの英雄さんに対する罪悪感を抱えていることを教えてくれました。だから秘儀を受けて絶対成功させてやるっていう強い気持ちを持っているって」

琴音は視線を上げて秋華を見つめる。

「でも今は心配に思うんです。あれって自分の命を懸ける、という覚悟も含まれているのではないかって。堂杜さんも修行中に言ってました。秋華ちゃんは優しすぎるって。実は他人のことばかり考えているって」

「そ、それは琴音ちゃんも言われてたでしょ」

「私のは違います。私の優しさは甘さと表裏一体でした。それは優しさに対する覚悟がないからです。意思を貫こうとする強さが足りない。そんな優しさは優しさではないと私は堂杜さんと秋華ちゃんから学びました。でもそれだから逆に心配なんです」

琴音はそう言うと突然、秋華をきつく抱きしめた。

「え、ちょっと、琴音ちゃん」

「秋華ちゃん、約束してください。絶対に秘儀を成功させるって。そんな保険なんて必要ないって。保険なんて弱気です。いえそこまで周囲に頭を巡らせている秋華ちゃんは凄いと思いますけど、私には、友達の私には辛いだけです」

「……!?」

秋華は「友達の私には」と言われハッとしたような顔を見せ徐々に優しい表情になる。

「ありがとう、琴音ちゃん」

そう言い琴音を抱き返した。

二人はしばらくそのまま言葉ない時間を過ごす。

そして秋華が琴音の体を離し口を開いた。

「ごめんね、琴音ちゃんを不安にさせて。保険って言い方が悪かったかな。約束するわ。何が何でも私はあきらめない。絶対に秘儀を成功させるって」

涙目の琴音の顔を覗き込んだ。

「でもやっぱり万が一の時は堂杜のお兄さんを連れて屋敷を出ていってほしいの」

「秋華ちゃん！」

「ああ、勘違いしないで。弱気で言っているわけじゃなくて、その逆なの。その方が思い切り幻魔降ろしに取り組めるってことなのよ。黄家は【憑依される者】のリスクを当然、熟知しているわ。だから対処方法も熟知している。でもそこに琴音ちゃんと堂杜のお兄さんがいるとややこしいなって。だって絶対、何かしようとするでしょう？　特に歩くお節介の堂杜のお兄さんは」

秋華はクローゼットへ向かいチャイナドレスを取り出した。

「まあ、それはそれで嬉しいんだけどね」

そう言って秋華は普段あまり見せない、はにかんだ笑顔を見せる。

「でも正直、邪魔になる可能性もあるなぁって考えたの。特に私のかけた保険に、ね。まあ、今は成功するイメージしか湧かないから関係なくなると思うけど」

「そういえば秋華ちゃんがかけた保険って何ですか」

「ふふふ、内緒。伝えたら二人とも何するか分からないんだもん。でも言っておくと私の安心を担保した感じ？」

「安心ですか？」

秋華は着替えながら琴音の前に来る。それはとても真剣な顔だった。

「ただお兄さんに修行をさせてもらったからなのか分かるの。幻魔降ろしを成功させるのは容易じゃないって。今の私の全身全霊を懸ける必要があるわ、きっと。だから私が心置きなく挑めるようにしておきたいのよ。これは私の性格的なものかなぁ、だから分かってほしい」

琴音は黙って聞き着替えが終わった秋華を見つめ頷いた。

「分かりました。そのように堂杜さんにも伝えます」

「ありがとう、琴音ちゃん。琴音ちゃんは親友よ！　ずっとね」

そう言って秋華が琴音に抱き着く。

「じゃあ、行ってくるわ。また明日ね」

「はい」

秋華がドアを開けるとそこには浩然が待っていた。

「よろしいですか？　秋華様」

「いいわ、行きましょう」

琴音を見る浩然の目に琴音は何故か悪寒が走った。

次の瞬間、秋華の背中を見つめている琴音から前触れもなく風が起こる。

「え？」

琴音自身が驚くような顔になる。

するとその風は突風となり秋華が開けたドアを閉めてしまった。

「うわ、ちょっと！　琴音ちゃん、驚くじゃない」

「あ、ご、ごめんなさい！　私は何もしていないいんですが」

とはいえ、それが精霊の起こした風だと琴音にはわかる。

だが自分は命令を下した覚えはない。

一体、何が起きたのか琴音にも分からずうろたえた。

「私ったら秋華ちゃんが心配で無意識に精霊術を使ってしまったのかも」

「もう、心配性なんだから。今日はチェックだけだしすぐ終わると思うから。じゃあね。

ちょっと浩然も驚きすぎ。だらしないわね」

そう言って秋華は再びドアを開けたそこで極度に驚いた顔で琴音を見つめている浩然を叱咤しながら部屋を後にした。

部屋に残された琴音は何故か湧き上がる不安とさっきの経験のない現象に困惑していた。

(今のは無意識に？　無意識で私が起こしたの？　そんなことは今までなかったわ。でも確かに精霊の力を感じた)

さらに言えば不思議と祐人の顔ばかりが浮かぶ。

しかし、これは恋焦がれているから浮かんできたのではないのは分かる。

何故か、浮かぶのだ。

(さっきの浩然さんの目。何でもない普通の目だったはずなのに、あの目を見たら私)

精霊使いであっても無意識下で精霊が動くなどということはない。

精霊が自ら動き何かを伝えてくるというのは精霊の巫女や水重レベルの超上位の精霊使いだ。自分ごときに起きうるはずもない。

(でも私は今、何かがおかしいと思っている。胸騒ぎが止まらない)

この時、琴音は明日の儀式のチェックだけならすぐに帰ってくると思いなおし秋華を待つことにした。

ところが秋華はいつまで経っても帰ってこない。

時計を見ると一時間以上は経過していた。

（秘儀のチェックってこんなに時間がかかるものなのかな。私が考えすぎ……え⁉）

琴音の脳裏に気を失った秋華が祭壇の上で拘束されている映像が鮮明に浮かぶ。

「今のは秋華ちゃん⁉」

琴音は考える間もなく部屋を飛び出した。

（幻魔の間に行かないと！）

だがまたしても祐人の姿が頭に浮かぶ。そして大地の精霊が琴音の体を祐人のいる応接室へ促してくる。

（堂杜さんに伝える？　そうね、堂杜さんのところへ！）

そうするべきだと琴音は確信したのだった。

第7章　会敵と回顧

祐人たちは幻魔の間に続く隠し階段の前に来た。

入り口は閉ざされており楽際がすぐに扉を開けようとするが開かない。

「なんと！　封印の術式を変えておる！」

「解析を急げ、楽際」

すると後から必死に走ってきたニイナが現れた。

これには祐人が大きな声を上げる。

「ニイナさん！　ニイナさんは駄目だ。すぐに戻るんだ。それでもし異変を感じたらすぐにこの屋敷から逃げるんだ」

「堂杜さん、違います。もちろん、戻りますがその前に堂杜さんに話したいことがありました」

ニイナは息を切らせながら強い意志のある目で伝えてきた。

「僕に話したいこと？」

「待ちなさい。もし浩然が先ほど言った敵であるならば一般人のニイナ君は避難することも危ない。どこに何を仕掛けているのかも分からん。雨花はニイナ君を連れて行ってくれ。ここは私と楽際で行く。黄家の指揮を頼む」

大威がそう指示を出すと雨花は頷く。

「分かりました、あなた」

「ニイナ君、話の途中、すまないが聞きたいことがある。さっきの話でこの敵の狙いが機関に味方する家系の破壊、と推測していたが、それを確かめる方法はあるか」

推測、と言っているが大威はニイナの考察が正しい可能性が高い、もしくはそれを前提に敵と相対するつもりのようだった。

この辺りは最悪の事態を想定して決断を下したということだろう。

息切れしているニイナは膝に手を当てながら答える。

「調べる方法はあります。ですが調べられた時には遅く、状況は最悪になっている可能性があります」

「それはどういうことか」

「こういう時は外に目を向けます。つまり黄家、四天寺家の他にも脅威にさらされた家があるかを調べるんです。もちろん機関に近しく、もしくは機関の理念に賛同していて非常

に強力な力を持つ家をです。ですが、それが分かった時というのは」

「なるほど。分かった時には先手を取られている、ということか。最悪、すでに潰されてしまっている可能性もあり機関は貴重な戦力を失って気づくと」

「それだけではありません。もしこれが多くの能力者家系で起きた場合、それと同じ立場の家にもかかわらず、敵に手を付けられていない家系があったとなると色々と疑いたくなります」

「君は寝返った家系がある可能性も考えるべきだと言いたいのか」

「低い可能性ですが考えておかなければならないと思います。とはいえ、これについては敵の戦力や人数といった組織力如何で手が回らなかった可能性もありますから慎重に調べなければなりません。ただ潰したい家の優先順位はつけてくるはずです」

「それが事実ならばうちは優先順位が高かった、もしくは強いわりに潰せる可能性が高いと考えたか、だな。それにしても厄介だ。それでは最悪、どの家が敵なのか味方なのか分からなくなる。もしくはそう疑心暗鬼にさせて我々の分断を狙っているとも考えられるか」

「そうですね。ただもしこの敵が私たちの考えている敵ならば四天寺家や黄家にすら仕掛けてきた連中だということは忘れてはならないです。少なくともそれだけの力があると本人たちは思っている。そう考えれば彼らが手強いと思う家ほど狙われるはずです。襲撃す

るにしても懐柔するにしても、です」

「むう、頭に入れておこう。だがその議論は後だ。雨花、行ってくれ。それと念のために機関に報告を入れておけ」

「はい」

「術式の解析ができました。すぐに開けます」

「よし行くぞ」

「ちょっと待ってください」

ようやく息を整えたニイナはそう言うと祐人の前に歩を進めた。

その顔は真剣であり、まるで何かを問いただすような顔だ。

「堂杜さん、あなたに聞きたいことがあります」

「僕に？」

「そうです」

「こんな時に何を」

「こんな時だからです。堂杜さん、あなたが今、何をしに行くつもりなのかを確認させてください」

ニイナは祐人にそう問いかけた。

「何って決まっているでしょう！」

ニイナの真剣な顔に祐人は珍しく内心苛立った。

こんな時に聞くことなのか、と思うのだ。

「敵がいるのならそいつを倒して秋華さんの安全を確保するんだよ」

「そうですね、それもいいです。それが依頼の完遂にもなります。でもそれだけですか？」

「……？」

「時間がないので単刀直入に聞きます。堂杠さんはそれ以外にも考えていませんか。秋華さんの秘儀の完遂とか、あと他にもこの敵について何か考えていませんか」

「!?」

祐人は目を見開いた。実は図星であった。

だが注意されるような事柄ではない。

複数のことを考えていたとしても秋華を守りに行くことに全力を注ぐつもりである。

それは言われるまでもないことで。当たり前ではないか。

「勘違いしないでくださいね。私は堂杠さんを止める気はないです。それどころか早く行って秋華さんの無事を確保してほしい。でも今の祐人さんは何故か苛立っているような、もしくは焦っているような気がします」

「そんなことはないよ！」

ついに祐人は苛立ちを隠さずに声を荒らげる。

するとニイナはさらに声のトーンを下げた。だが説教をする感じではない。

「落ち着いてください、堂杜さん。祐人さんから四天寺での戦いの中で見せたような焦りが感じられるんです。堂杜さんにどういう背景があるかは知りませんし聞かないです。でも今の状態はきっと良い方向にはいかないです」

祐人はハッとしようやく息を整え終えたニイナを見つめる。

祐人はニイナと黄家に起きていることを話し合っているうちに四天寺を襲ったジュリアンたちのことが脳裏を掠めた。ニイナの考察がその可能性を気づかせたのだ。

すると途端に祐人は堂杜の役目に囚われだしていた。

妙に焦り神前明良、ガストンにコンタクトを取ることを即断してニイナにそれをするように指示を出した。

それはいい。間違いではない。

だがニイナは普段の祐人らしからぬ余裕の無さを見抜いていた。

ニイナは少しだけ微笑する。

「堂杜さんの強みはいかなる時も自分と自分以外を過大評価も過小評価もしないところだ

と思います。だから堂杜さんと話していると私はたくさんの可能性を想定できました」

（何故だか私はどんな時も堂杜さんが気になって仕方がないようです。でもだから気づいたんです、とは言えないですね。でもこんなに私を惹きつける人なんですから仕方ありません。私は戦闘になれば何の役にも立ちません。だからせめてあなたを最高の状態で送り出したい。頭でっかちと面倒がられても構いません。あなたの身体と心、それが無事で帰ってくる可能性が高まるのなら私は何でもします）

「でも今の堂杜さんは何かを決めつけているというか、することと、できることとの選択肢を狭めているように見えます。いいですか、何も堂杜さん一人が敵と対峙することが最良とは限りません。依頼を忘れちゃ駄目です。まずは秋華さんの護衛です。そのためなら何をしてもいいんです」

「ニイナさん」

祐人の表情から険が取れ、ニイナの顔に目が奪われる。

まるで無駄な力を取り除かれていくような感覚だった。

ふとニイナの姿がかつての戦友と重なる。

（イブリアさん）

それはかつて魔界での大戦でリーゼロッテの下に集った女傑軍師の名だ。

彼女の作戦と指揮がなければ魔族との戦いの勝利はなかった。

彼女は戦闘能力は皆無に等しかったが秀でた頭脳で人類連合を勝利に導き、戦後処理の見通しがつくと国を離れて隠遁した。

（たしかに僕は複数のことを求めすぎていたのかもしれない。多くのことは一つの行動で解決できることもあるのに。僕は未熟だな、また同じ間違いを繰り返そうとしていたかもしれない）

「どんな過程を通ったとしても秋華さんが無事であればいいんです！　それ以外にしたいことがあるのなら、それを達成したと確信したときにしてください。それがプロってものです！　敵に大層な目的などあっても、これで十分です。一点突破してください。秋華さんを害するものだけをただただ取り除くんです」

ニイナは語気を強めるがその実、アドバイスを送っているかのような表情だ。

祐人はいつも冷静なニイナとは違う熱というか、包容力というようなものを感じて茫然と見つめ返した。ニイナは自分は無力だけれどもせめて、祐人をリラックスさせようとしているのだ。それが何となく分かり胸が熱くなる。

するとこの時、祐人は以前交わしたニイナとの会話を思い出した。

（ああ、そういえばミレマーでもこんな表情で話していたな。本当は悔しいのにそれを抑

えて、厳しいことを言った僕を案じてくれたんだ。偽善だ、酔狂よ、と言って)

祐人はニイナの言うことをすべて受け止めようと思う。

「まったく、ニイナさんの言うとおりだね」

祐人はそう言い微笑した。

「え？」

今度はニイナがハッとしたような表情になる。

不思議な既視感を覚えたのだ。

(この堂杜さんの表情。どこかで私は見たわ。いつ？　日本に来てからではないわ)

「ニイナさん、分かった！　僕は今、やること、やらなければならないことが明確になった。あとは任せて。必ず秋華さんを無事に連れてくるから」

「あ……はい！　その通りです！」

「よし、開きます！」

楽際がそう言うとついに石と石が擦れる振動と共に幻魔の間への隠し階段が姿を現しだして祐人たちは頷く。

「ニイナさん、ありがとう。なんかすっきりした」

「はい、気を付けてください。堂杜さんなら必ず依頼を達成できます」

「あはは、今度は送り出してくれるんだね」

「え？　は、はい、私はできもしないことや何の得にもならないことを秘書として勧めませんから」

一瞬、祐人がいつの時のことを言っているのか分からず、ニイナは口籠ったが今はもう引き止めて聞くことでもないので適当な笑顔で答えた。

（何のことかしら？　でも好きな人を戦いに送り出す時って、どんな表情をしていいか分からないものね。え⁉　ええ⁉　私、今、何を考えて……⁉）

自分の中から自然に出た考えにもかかわらずニイナは頬を赤らめて狼狽える。

「今度は僕の実力を偽善や酔狂じゃないって認めてくれたのかな。じゃあ、行ってくる！」

そう言うと祐人たちは開いた階段を駆け下りていった。琴音も最後尾で続く。

――この時だった。

取り残されたニイナは目を見開き固まってしまった。


「偽善や……酔狂？」

ニイナは力なく言葉を漏らした。

体が震えだす。止まらない、震えが止まらない。

今、脳裏に色々な場面がはじけて、祐人が消えていった階段の先に目を向けた。

「どうしました？　ニイナさん。私たちも行きましょう」

雨花がニイナの様子がおかしいことに気づき肩に手を乗せた。

「今……繋がりました」

ニイナはたどたどしい声で言う。

両眼はそこにはない遠くを見つめている。

だがニイナの瞳は確かではっきりとしたものをとらえていた。

「え？」

「すべての出来事が、失われたピースが、今、見つかりました」

ニイナのオニキスのような瞳が光を反射する。

「どうしたんです？　ニイナさん」

衝動的にニイナは階段の前に駆け寄り、祐人たちが消えていった奥底の暗闇に向かって叫んだ。

「祐人ぉぉぉ！　必ず無事に帰ってきて！　私は！　今度はちゃんとあなたを迎えてあげるから！　あなたの横を通り過ぎるなんてことは絶対にないですからぁぁ！」

大量の涙を流したニイナの声は階段の奥底へこだました。

◆

秋華は目を覚ますと自分が祭壇の上で拘束されていることがすぐに分かった。

意識は明瞭で記憶を辿れば幻魔の間に浩然に連れて来られたところで途絶えている。これだけで秋華は大体の状況を理解した。

視線だけ横へ移し、祭壇の横に設置された幻魔降ろし発動の術式回路を操作している浩然の背中に嫌悪感を隠さない声色で問いかけた。

「あなた自分が何をしているのか分かっているのかしら、浩然」

ピタッと浩然が固まる。

そして問いかけてきた主に顔だけ向けてきた。

その表情は秋華の知っているいつも通りの浩然で、優し気だが頼りなく自信が無さそうである。

「おやおや、驚きました。まさか目を覚ますとは予想外です。短時間ですが霊力の循環も阻害していたのですが、もう少し強めにしておくべきでしたかね。これもあの少年の修行

の成果ですか」

秋華は眉根を寄せた。

いつもと話し方が違う。声色が表情と合っていない。

頼りない表情で丁寧な言葉遣いだが声には張りがあり、それでいて他人を見下すような、人を人として扱っていないかのような口調だ。

「気持ちの悪いやつね」

秋華は煽っているのではなく正直な感想を口にした。

「まったくお口の悪いお嬢様ですよ、あなたは。まあ、もうしばらくお待ちください。時間は取らせませんから」

そう言うと浩然はまた何やら作業に戻る。

「その前に教えなさい。本当の浩然はどこにいるの」

「ほう、私が浩然ではないと確信しているのに驚きもしない。本当に可愛くないですね。そういえばあなたはかなり以前から私を警戒していたような気がします。まさかとは思いますが何か気づいておられたんですか？」

「違うわね。あなたが初めて来たときから疑っていただけよ。ただ勘違いしないで。私は誰に対しても疑いから入り疑い続けることを止めない性格なだけ。だから、あまりに早く

楽際やお父さんたちから受け入れられたことを警戒したの」

　ここで浩然がピクッと反応し振り返ると秋華に顔を近づけて首を傾げる。

「分からないですね。そういうことにならない術なのですがね、これは。一体、どうやって抗ったのでしょうか」

「頭の固い奴ね。これは異能でも術でもないわ。私の性格の話をしているのよ。私は人物だけを見ていたのではないの。状況も疑っていたのよ。あなたの術が何だか知らないけど私の性格までは変えられないでしょう」

「ふむ……」

（おかしいですね。【ポジショニング】発動中はそんなことも言えないはずなのですが。かといって【ポジショニング】から逃れる能力もこの娘にはないはず。私の知らない能力が黄家にはあるのでしょうか。いや、それであれば浩然になりすまして潜入すらできていないはず。面白いですね、歴史の深い能力者家系は一筋縄ではいかない。研究項目が増えたと喜んでおきましょう）

「ちょっと、私の質問に答えなさいよ」

「うん？　ああ、もうとっくにこの世にはいませんよ。彼は見出されて孟家に招かれたタイミングで私と入れ替わりましたから」

「ふーん、それは良かったわ」

「何がですか？」

「その体は浩然が乗っ取られたものか確認したかったのよ。もしそうだったら攻撃しづらいし、あなたをすぐに殺せないじゃない。本体で良かったわ」

「ははは、面白い人ですね。残念ですが、私はあなた程度にやられるほどの能力者じゃないですよ。さらに言えばです。今の戦えない当主は論外ですし、あのプライドだけが暴走している英雄お坊ちゃんでも無理です。奥様だけが怖いですが、ここまで足手まといが多い状況では真価は発揮できないでしょう。つまり黄家は詰んでいるんです。ククク……あ、これは失礼」

「ふふふ、たしかに面白いかもね。笑ってしまうのは仕方ないわ」

「む」

浩然は自分の嘲笑に笑みで返した秋華に若干の不愉快さを覚える。

この年端も行かぬ少女がまったく怯えていないどころか、余裕しか見せていない。

自分と比べてはるかに年下であり、はるかに格下の能力者なのだ。

それがこの少女の話術なのかもしれないが、いい気分ではない。

「あなたがどれほどの能力者だっていうのかしら。こんなコソコソしている奴が強いとは

思えないのよね。だって私を暴走させて逃げるつもりなのでしょう。正直、がっかりだわ。私からすれば計画に穴が多すぎて笑ってしまいそうだし」

浩然はため息をつきながら再び術式回路に何かを刻み込んだ。

「ふう、本当に減らず口をたたく人です」

「だって本当のことでしょう。小さな犯罪組織の能力者さん。せめて名前くらい教えなさいよ」

「そんな安い挑発は無駄です。それに私が本当の名前を言っても知らなかったら恥ずかしいじゃないですか」

「確かにそうね」

「それにしても感心します、あなたには。この状況で何という言い草ですか。暴走すればあなたはお終いです。さらに言えば周りを巻き込んでの大惨事なのですよ」

「ああ、分かってないのね。本当にあなたは頭が悪いわ」

この発言にはさすがに浩然も不愉快さを隠せなかった。

「クッ……この私にそんなことを言うのはあなたぐらいです」

「この私に、って大物ぶるのはやめなよ。名前も名乗らないくせに小物っぽく見えるよ。私が言いたいのはあなたを殺すのは黄家だなんて言っていないでしょう、ってこと。あな

たを倒すのはね、きっとそれ以外の人間よ」

「ふむ、あなたが言っているのは王俊豪のことですか」

「違うわ、俊豪さんはあなたの企みを潰す人。あなたを倒すのは堂杜のお兄さんよ」

秋華は浩然を睨みつけると断言するように言い放つ。

「いい？　よく覚えておきなさい。詰んでいるのはあなた」

この時、浩然と秋華の間に殺気の混じった視線が交差した。

「ククク……ハーハッハ！　いいでしょう！　それではどちらの思い通りになるのかを見てみましょうじゃありませんか！」

「ふん、私を恐怖に陥れ、暴走させようというの？　それなら残念ね。今の私はそう簡単に自分を見失うことはないわ」

「なるほど、それがあなたの余裕の源泉ですか。何をしたのかは知りませんが、あの堂杜少年の修行の果てに手に入れた精神力に自信があるということですね。ですが残念ながらあなたの考えていることとは違います。私が長い時間をかけて潜入したのはただ【憑依される者】の秘密を探ったり、黄家の内情を調べていたのではないんです。その程度のことで私がここに来るわけありません。このマトヴェイ・ポポフがね！」

「あはは、名乗るのね。自己顕示欲が話し方ににじみ出てるのよ。あ、ちなみにあなたの

名前は知らないわ」

「構いませんよ。もう知られたところで何も変わりませんから。いいですか、私は個人的な実験に役に立つかもしれないと思って来たんです。ただそれだけです。何故なら今の黄家など取るに足らないですからね。死にそうな当主、至らぬ後継者二人。どうでもよい家ではありませんか」

　この発言に秋華の目が怒りの籠った鋭いものに変わる。

「その言葉だけは忘れないでいてあげるわ」

「結構！　では始めましょうか」

「何をするつもりよ」

「そうですね、まあ焦らないでください。今、分かりやすく説明しましょう。私は研究者であり探究者なんです。すべての能力者の術を解析し、それを明らかにしていくのが私の夢なのです」

「何が探究者よ！　単に人様の術を盗もうとしているだけでしょう」

「違います。これは私の中に迸る知識欲、好奇心なのです。そして私の存在理由でもあるのです。それでついに【憑依される者】で色々なことが分かりました。外部の人間でここまで【憑依される者】を理解したものはいないでしょう」

マトヴェイはまるで研究者が長年の謎の一つを解いたかのように喜色満面で語りだす。

「元々、黄家の発祥は契約者の家系です。その黄家の始祖がどうして【憑依される者】を生み出したのかを理解するにはその歴史を知る必要があります」

右手の人差し指を立て、それを振りながら楽し気にマトヴェイは続ける。

「その昔、仏法が衰えた際、高位人外『斉天大聖』が現世に顕現し数々の都市で大暴れして人々を悩ませていました。まあ、この被害は甚大でして時の権力者たちは国家存亡の危機すら感じたほどでした。それで当然といいますか、当たり前といいますか権力者たちは国中の優秀な能力者たちを集め、斉天大聖を調伏するよう命じたのです」

秋華はマトヴェイの言う内容に顔色を変える。

「はい、もう分かりやすい展開ですよね。そうです、この能力者たちの中に黄家の始祖がおり、この時の斉天大聖との戦いの最中に【憑依される者】が生まれます」

「何故、あなたがそれを……ハッ、まさか楽際が」

「フフフ、私は孟家の後継ぎとして養子に入ったのですよ。後継者に情報を引き継ぐのは当然でしょう。いやまったく便利な術をいただきました。おかげで各能力者の家系の秘密が労せずして手に入るのですから」

「クッ」

マトヴェイは悔し気な秋華の顔を満足げに見つめて話を続ける。

「仏法が衰えた影響でその時の斉天大聖は破壊衝動の強い人外となっていました。そのため黄家とともに討伐を試みた能力者たちも斉天大聖にはまったく歯が立ちませんでした。それでです。皆は考えました。打ち払うのは無理となると封印するしかない、と」

まるで講義でもするかのようにマトヴェイは秋華の周囲を歩く。

「そうはいえども相手は超高位人外。封印するのも並大抵のことではない。この時です。討伐部隊の能力者たちは黄家の始祖に目をつけました。実は始祖は固有伝承能力をすでに持っていたのです。その能力は神霊や神獣の能力を削ぐ能力だったのです」

マトヴェイは、これは驚きです！　というジェスチャーをする。

「当時の黄家先祖の能力は自分たちにだけ扱える結界を展開し人外の能力を削ぎ、弱ったところでその人外と契約を果たす、というものでした。人外たちにとってなんと質の悪い能力ですね。今ではその特殊能力はかなり弱りましたが自在海として受け継がれています」

マトヴェイは何度も大きく頷き、秋華の周りを再び歩き始めた。

「ですがこの能力が斉天大聖相手にどこまで通じるか分からなかった。始祖は覚悟を決め、最も相手の力を削ぐ場所、つまり自分の内、己の霊魂に斉天大聖をおびき寄せることを決意しました。ようは死ぬつもりだったのでしょうね。斉天大聖のような超上位の人外を己

の中に入れるなんて自殺行為そのものです。ですが封印するために力を抑え込むにはそこしかない。悲壮な覚悟だったと思います。立派なご先祖ですね」

「ふん、そうね。私も誇りに思っているわ」

「ふふふ、それは良かった。それでこの時、黄家に最も協力した能力者が二人いましてね。幸いにもこの方たちがかなりの使い手だったようでして、その者たちと連携することでついに斉天大聖を己が中に誘導することに成功したのです。すぐさま始祖は固有伝承能力を発動させ斉天大聖を弱体化させることにも成功し、協力した二人の能力者の一人が封印術を使い斉天大聖を始祖の中に封じました。大きな仕事を果たした始祖はこれで安心して逝けると思ったのかもしれませんね」

マトヴェイは立ち止まり秋華に体を向けると興奮したように声を大きくする。

「ところが、ここで不思議なことが起こったのです！　この時、始祖は死なずに黄金の輝きを放ったかと思うとなんと斉天大聖と契約を結んだことになっていたのです！　仮説ですが己自身の消失をも覚悟して魂の内に誘い込んだ際に偶然、霊魂と契約をした、というところでしょうか。まさに奇跡です。その後、始祖は斉天大聖の権能の一部を得ることになり、他の人外にも黄家の人間の肉体を食われない、悪さをされない、たとえ内包しても食い殺されない、という能力を手に入れたのです。これが【憑依される者】の誕生秘話で

す。黄家に何らかの加護があるのではと考えられていますが、これが真実だったのです」

まるで子供のように熱く語る。

「ちなみこの時の黄金の光からとって始祖は自らの姓を〝黄〟としました。つまり黄家の誕生ですね。さ、ら、に！　驚くことはまだあります」

マトヴェイは秋華の腹部を指し示した。

「黄家始祖が死んだとき斉天大聖と共にその能力は失われるかと思われました。ところがです！　何ということか、黄家直系にはその権能だけが残されたのです。つまり黄家は始祖が決死の覚悟で戦い、そのおかげで奇跡的に手に入れたこの特殊な能力を何の苦労もなく手にしたのです」

「あなた、何が言いたいのよ」

「いやね、この事実を知って私は落胆したんです。いわば奇跡の術なんですよ、【憑依される者】は。まさにこれこそ固有伝承能力です。ですがこれほどの術でもあるのに今の黄家の体たらくといったら。まあ機関に属する家系はどこも似たり寄ったりですがね」

マトヴェイはまるで嘆かわしい！　といったように不満げに首を振る。

「潜入当初は能力者たちの間で長らく謎であった【憑依される者】の正体を私が解き明かして撤収する予定でした。私はそれ以外に興味がなかったので。それに解き明かしても絶

対に黄家以外の人間が身につけることはできないことも分かりました。私は謎を解くだけでも満足だったのですが、これにはやっぱりちょっと残念な気分でした」

この術を手にして操りたかった、と認めて肩を落とす仕草をする。

「私は撤収しようとしたのですが考えが変わりました。今のあまりに無様な黄家を見ていて潰しておこうと考えるようになったんです。私も血の通った人間なんです。数年、潜伏していて【憑依される者】のことばかり考えていて感情移入してしまうようになったのですね。この術に相応しくないあなた方が許せなくなったのだと思います」

「何を言っているのやら。ただの術泥棒がうまく手に入らなくて腹いせに嫌がらせをしているだけでしょう」

「違います！　私には謎の術への探究心、術解析への熱意、何よりも術そのものに対する愛があるのです！　もちろん術を編み出した家系へのリスペクトも忘れません。ところがあなた方は術に溺れてこれだけの術を持てる感謝が足りない。だから鉄槌を下そうと考えたのです。私はいわば【憑依される者】の怒りの代弁者なのです」

くだらない理屈を熱く語るマトヴェイに秋華はあきれ果てるがその中にある狂気のようなものも感じ取り笑うことはできなかった。

「まあ、周りからうるさく言われてましたし彼らにとって大事な時期ですのでいいタイミ

ングだったのでしょう。黄家には消えていただくことにしました」

（周り？　大事な時期？）

「彼らって誰よ。あなたの飼い主のこと？」

「そうではありません。今のところは一緒にいるのが都合のいいだけの連中です。ただ怒らせると厄介な方たちなのです。まあ【ポジショニング】を頂いた借りがありますし、私の探究心にケチをつけないのは良いところですね」

「ふーん」

（よくしゃべるわ、こいつ。もう私なんてどうでもよいと思っているのか、それともただの性格かもね）

と考えつつ秋華は面白くなさそうに極力反応しないように努めている。

その方が色々と情報が取れそうだという判断なのだが、実は内心は驚きの連続であった。

（【ポジショニング】は聞いたことがあるわ！　でもどういうこと⁉　スキルを相手に授けることなんてそう簡単には出来ないはず。一体、どういう連中なの）

秋華は頭を回転させる。

（こいつの背後に何かがいるのは間違いないわね。能力者の家系に何年も潜伏して、挙句に潰そうと考えるなんて相当イカレた奴らだわ。それだけの自信と実力があるってことな

のか、うん？　まさかこいつらは四天寺を襲撃した……あり得るわね）

「はぁ～あ、なるほどね。あんたにうちを潰すようにお願いしてきた連中は四天寺のお次は黄家を狙っていたわけね。あちこちに喧嘩を売ってどうするのかしら。あなたも色々言っているけど結局使われているんじゃない？」

秋華がくだらない、と言わんばかりの態度で言うとマトヴェイがこちらに目を向けた。

これは言わばカマをかけているのだ。

秋華の最も得意なもののひとつでもある。

別に間違えていようが構わない。それならそれで一つの可能性が消えるだけだ。

情報を得るだけでなくいらぬ可能性を消せるというのも大きいのだ。

「ほほう、あなたはやはり賢いですね。それに勘もいい」

マトヴェイはニヤリと笑う。

（当たりだったようね）

秋華も不敵な笑みを見せた。

恐怖はある。だがこう見せた方が相手に上手くいっていると思わせない。

その方が情報も取れ時間稼ぎもできる。

不安がある方がよくしゃべるものだ。だから表情で返す。

（それにしてもどういう連中なの？　四天寺に攻め込んできた奴らはとんでもなく強かったわ。ということはこいつもそれくらいの奴ってこと）

　この時、マトヴェイの顔から笑みが消え目に暗い光が灯された。

「生意気な目ですね。まったく、潜入してからこのかた、あなたにだけは参りました。すべてがスムーズにいかないのですから。それにあの少年に鍛えられてそれに磨きがかかっているようです。今までのあなたならもう恐怖に慄いてその生意気な仮面も剥がされていたでしょうに」

「ふん、お生憎さまね。さっきも言ったでしょう。今の私はそう簡単に暴走はしない。それでも試したいならやってみたらいいわ。その間に来るわよ。SSランクの俊豪さんと堂杜のお兄さんもね」

「ククク、愚かですね。それで脅しているつもりですか。それに王俊豪は分かりますが堂杜なる少年の名を出してくるとは表情と裏腹に余裕がないようですね」

「あらあら、なるほどね。どうやら情報の共有がなってないようね、あなたのバックにいる奴らは。組織として纏まっているわけではないことが分かったわ。重要な情報をありがとう、マトヴェイ」

「どういうことですか」

「ふふ、あなたは知らなくてもいいわ。ああ、あなたは知らなくてもいいと判断されたのかしらね。あなた自身が都合がいいから付き合っている、といった連中にね」

今まで平静を装っていたマトヴェイが不愉快な顔を見せる。

「もう、いいでしょう。それでは始めましょうか」

「ふん、やってみなさい。どんな風に私を恐怖へ陥れるのか楽しみよ……う！」

秋華はこの時、余裕の表情を保てなかった。

前触れもなくマトヴェイは頭に手を当てると針のようなものを抜いたのだ。それは数センチありもし頭に刺していたものだとすれば脳にも達するほどの長さだ。

すると直後、マトヴェイの顔が溶け始めた。

ドロドロと頭全体が消えてなくなるかのように流れていくと中から全くの別人の顔が現れる。

浩然だったアジア系の顔が、彫りが深く頬のこけたスラブ系の顔に変わっていく。髪の色もまばらな白髪に変色していく。

「それがあなたの本当の顔ってことかしら」

気丈に秋華は言うが衝撃を受けたことは隠せなかった。

「まあ、そんなところです。もうあなたとの腹の探り合いにも飽きました。ここでお別れ

です」

ついにマトヴェイが何かを始めると考え秋華は頬に力を入れる。

何としても抗ってやるという決意があった。

「先に言っておきますが私はあなたを暴走させるつもりはないですよ。まあ結果、暴走しているように見えるかもしれませんが」

思わぬマトヴェイのセリフに秋華は目を見開いた。

「どういうこと？　さっきは私が暴走すれば命はない、とか言ってなかったかしら？」

「先ほども言いましたが当初、私は目的を果たした後にすぐに消えるつもりでいました。黄家などに興味はなかったですから。興味が失せると黄家など消えてもいいと思うようになりました。ですがただ潰すのでは芸がない。と考えていたとき、愚かで脆弱な精神力しかないあなたを暴走させるとどうなるかに興味が湧いたのです。潜入してすぐに分かりましたが、人外との感応力のみが突出して秀でたあなたは場所を選ばずに高位人外を招いてしまうという稀有な存在です」

マトヴェイはそう話しながら懐から十数本の針を取り出し、一本ずつ祭壇の周りに放り投げていく。

「楽際さんから前回の幻魔降ろしでの失敗の様子をつぶさに聞き、また普段のあなたの行

動を観察していてそれは確信に変わりました。あなたは自我が強いようで実は大変弱い。それは【憑依される者】を受け継ぐにはあまりに致命的な弱点です。それに加え、その弱さからくるのか自在海も軟弱なものだった。これでもし高位人外を降ろせば、自我は奪われ肉体は十数分で支配されるでしょう」

この間にもマトヴェイは針を一本ずつ放る。

「知っていましたか？　だからあなたのご両親や楽際は数年かけて中位程度の幻魔しか降ろせないように工夫していたのです。あなたを殺させないようにね。まったくつまらない話です。私としてはそんなものを研究しに来たのではありません。できれば高位の幻魔が顕現するところを見たかった」

「な⁉」

「あなたに話したら性格上、面倒くさいでしょうからね。黙っていたのです。お優しい家族です、というより甘いというべきですね。だから黄家はこの程度の家になるのです。【憑依される者】なんていうとんでもないスキルを持っているにもかかわらず、です。何とも愚かしい！　私のような天才が扱えればこんなことにはならないのに。世の中は中々、上手くいかないですね」

秋華は初めて聞かされた真相に「嘘だ」とは言えなかった。

自分や周囲の状況、環境を考えてみれば実にあり得る話なのだ。

「だから私はそんなリミッターを内緒で外しておきました。それで恐怖心を与えるようなイベントも考えていたんです。あなたがすぐに暴走して黄家ごと消えてなくなるようにね」

最後の針がマトヴェイから放り投げられた。

針は祭壇を中心に5メートルほど離れたところに等間隔に刺さっている。

「ところがです！」

マトヴェイからざらつくような霊力が膨れ上がり、彼は幻魔降ろしの儀の術式回路に手を置いた。

「あなたはこのたった三日間で急成長し信じられないほどの自在海を手に入れた。こんなことを誰が想像できたでしょうか！　まるで私が本当にしたかったことを助けるかのように、です。こんなことがあるでしょうか⁉　まさに天の配剤としか言いようがありません」

興奮するマトヴェイの霊力に反応し祭壇の周囲で魔法陣が起動する。

「本当にしたかったこと……一体、何を」

「何って決まってるじゃないですか！　ここをどこだと思っているんですか」

マトヴェイは秋華の言葉に被せながら大声をだした。

そして秋華を見下ろす。

その人のものとは思えない濁った目にさすがの秋華も悪寒が走った。

「純粋な幻魔降ろしの儀ですよ」

「え……!?」

「ただいつもの幻魔降ろしとは違いますよ。降ろす人外はこちらで決めさせていただきます」

「ば、馬鹿ね！　そんなことができるわけないわ!?」

思わず吐き捨てて秋華が目を見開く。

そんなことが可能なはずがない。

幻魔降ろしの儀とは自分の格と相性の良い人外を降ろすものだ。つまり何が降りてくるのかはやってみなければ分からない秘儀である。

降ろす黄家能力者の感応力、霊力量、そして自我によって呼び出されるのだ。

「馬鹿ではありません。これをいつか試したかったがために、この私が！　何年もこのような低俗な家を調べたのです。まさかすぐに試すことになるとは思わなかったですがね。それよりもです。策略好きなお嬢さまは私が何を降ろそうとしているのか、気になりませんか？」

「……っ！」

「いい、表情ですね。ようやく溜飲が下がります」

秋華の青ざめた顔にマトヴェイは嬉しそうに笑い肩を揺らしている。

「ククク、結論から言います。魔神です」

秋華の顔色が変わる。

「撤収を止めてから、この時のために何年かけたと思うんですか。あなたほど人ならざるものとの感応力が高い方は滅多に現れないのです。それでいて秘儀の直前に器として急成長した！　なんと素晴らしい！　以前の自在海であれば魔神を降ろしてもあなたごと霧散し無駄だったでしょう。ですが今なら耐えられるかもしれない！　大丈夫、数時間で構いません」

マトヴェイが回路に手をかけると周囲に刺さった針をなぞるように青白い光が繋がりだす。そして魔法陣を形成し高位界と現世を強制的につなげていく。

「さあ！　始めましょう！」

マトヴェイが印を結び強力な霊力を注入した。

途端に秋華の身体が弓なりになり絶叫する。

そのようなことは意に介さぬマトヴェイは言い放つ。

「さあ魔神よ！　ここにこの上ない花嫁を用意した！　その姿を、その力をこの地に顕現

するのです！」

秋華を中心に設置されたマトヴェイの針から直上に光の柱を形成する。

すると幻魔降ろしの儀の際に起こる、特有の霊力波が全方位に吹き荒れた。

密閉された幻魔の間に霊力の嵐が巻き起こり、髪の毛を靡かせながらマトヴェイは術式回路を凝視する。

「ハハ……ハッハッハー！　これは凄い。なるほど、そういうことですか！　【憑依される者】の作者はとんでもない人だ！　最後の謎が解けましたよ。取り入れた幻魔の力を能力者の霊力に強制接続するのですか。それで取り入れた幻魔の術を使いこなせるのですね。これは斉天大聖の権能を引き継ぐ黄家の直系でなければ無理です。普通は能力者の霊力路を幻魔に無茶苦茶にされますからね。しかし九百年前にこのような術を一体、どのような能力者が編み出したのか。契約者の家系の始祖ではこのような術の知識はないはずです。うーむ、さらに謎が生まれますね」

新たに探究心に火をつけられたかのようにマトヴェイは大はしゃぎした。

「い、いいことを教えてあげましょうか、この変態」

興奮するマトヴェイに苦しげだが冷や水をかけるような声色を作り秋華が口を開いた。

「うん？　まだそのような口をきく元気があるのですか。大したものです。何を教えてく

れるのですか」

「先に言っておくわ。あんたごときに【憑依される者】は完全に解明できないわ。何故ならあなたはここで終わるから」

「この期に及んでまだそのようなことを！　憎らしい人だ」

マトヴェイはもう不愉快さを隠さずに目を吊り上げ幻魔降ろしの儀の最後の手順を踏んだ。

霊力回路に浮かび上がっている小さな魔法陣に五指を当ててダイヤルを回すように右に手首を捻る。

この時、秋華の瞳孔が開き、口も顎が外れんばかりに開く。

「さあ、高位次元へ接続します！　さらにその高位次元から他次元へ道を開く。このルート、術式を開発したあの御仁は素晴らしい方だ。しかもこんな知識、秘術を惜しげもなく伝授してくださるとは！」

横たわる秋華の上の空間が歪みごく小さな穴が形成され、それは徐々に大きくなっていく。

「ああ、感じますよ。来ます、来ますよ！　こちらに来たくて来たくて仕方のない強大な存在が！　あなたという最高の触媒を得て！　あなたの自我など一瞬で消し飛ばし、自由

を得た破壊と恐怖が降りてきます」

「ふふふ……馬鹿ね。笑えるわ」

気分が最高潮のマトヴェイにまたしても秋華が水を差す。

顔面蒼白にもかかわらず力の籠った瞳で小馬鹿にするようにマトヴェイに目を向ける。

「むう、まだ意識があるとは！」

秋華は歯を食いしばり己に迫る霊力の圧力に耐えながら口を開く。

「あなたはいくつか大切なことを知らないのよ」

「ふん、下らない駆け引きなどするつもりですか。いや、逆に感心しますよ。何をしても無駄な状態でそれをしようとするあなたには」

相手にする気もないとマトヴェイは空間の穴へ集中する。

「あなたは……私が幻魔降ろしに失敗した本当の理由を知らない」

「む……？」

マトヴェイは相手にしないつもりが思わず秋華の言葉に耳を傾けてしまい、秋華に目を移した。

「どういうことです」

「いるのよ」

「……は？」

「すでに私の中にはいるのよ、幻魔が。しかも強烈で強力でくそったれな奴がね。自分以外を認めない傲岸不遜、大欲非道、支離滅裂な奴よ。それが私が暴走する理由なの。こいつが怒るのよ、私が恐怖するとね」

「な、何を馬鹿な！　それならとっくに皆が分かっているでしょう。そんな馬鹿な大嘘が」

「分からなかったのよ。分からなくても仕方がなかったというべきかしら」

秋華が世界のすべてを見下すような得も言われぬ笑みを見せた。

「私の中にいるのはね……斉天大聖よ」

第8章　魔神の花嫁

マトヴェイが目を見開くが次第に嘲笑に変わっていく。

「何を言うかと思えば……」

「嘘だと思うのなら好きになさいな。小さいころから私は感じていた。でも何かは分からなかった。でもいつしか分かったのよ、私の中にはとんでもないものがいるってね。それとこいつは外に出してはならない奴だとも分かった。こいつが斉天大聖だと思ったのは黄家は斉天大聖の権能を預かる家系だからよ。その家が私の中にいるこいつに気づかないって、それしか考えられないでしょ。どう？　何か矛盾があるかしら？」

「ぬう」

「私のリスクは幻魔の儀で降ろした人外によって暴走することじゃない。幻魔の儀で斉天大聖と繋がってしまい抑え込めないことがリスク。もし抑えきれないならあなたが調子に乗って語っていた【憑依される者】が生まれた時の状況になるのよ。私にはね、斉天大聖の奴を抑えるか、魂を乗っ取られて暴走して周囲の皆を巻き込むしか選択肢がない。だか

ら私は保険を掛けた。内緒で俊豪さんを雇ったのよ。あの守銭奴魔神殺しをね」

額から汗を流し息を荒くして秋華は言う。

「な！　それで王俊豪が来ているのですか。黄家と繋がりが深いゆえに見届け人の一人として呼んだのではないと」

「ふふ、それは表向きよ。歴史的に王家と黄家は兄弟のような家系だから怪しまれないと計算してのものよ。あなたは頭が良いと思い込んでいるようだけど残念な奴よね。王家は幻魔降ろしの儀に参加したことはあるけど別に毎回、来ているわけじゃないわ。ましてやあの天衣無縫の性格でお金にならないのに来るわけないでしょう」

「クッ、しかし、それが本当だとして何故、それを私に言うのですか。それこそあなたに何の得にもならないでしょう。ふむ……やはり嘘ですね。まったくあきれ果てた方だ。その若さでどこまで捻くれて」

「だからあんたは馬鹿なのよ。なんでも計算で動く人間がいるかしら？　ほとんどの人間は衝動的な行動をとるの。それは私も例外ではないわ。これはね、あんたのせいでこちらも予定が狂って頭に来たから教えてあげてるのよ」

「……ッ！　口の減らない人です」

「私は斉天大聖のあんの野郎と戦う覚悟も死ぬ覚悟もあった。保険もかけた。その上、考

えもしなかった堂杜のお兄さんの修行を経て、勝算もわずかながらに生まれたのを感じ取ったのに、あんたのこれよ！」

秋華が苦し気にもかかわらず鼻で笑う。

「ふふふ、あんた真正の馬鹿ね。私のこれを聞いてあなたの予定も狂っていることに気づかないのかしら。そこでボーッとしていて大丈夫？」

「何を……ハッ！　まさか」

「あんたが呼ぶのが高位人外だか魔神だか知らないけど、私の中に入ろうとしたらどうなるのか私でも分からないわ。この私に分からないことよ、あなたに分かるはずがないでしょう。想像できるのは私の生存確率がほぼゼロになったってことだけよ！　マトヴェイ、あんただけは許さない。必ず死んでもらう。この絶世の美少女である私の未来を闇に追い込んだ罪は万死に値するわ！」

少女とは思えない秋華の放つ凄まじい殺気にマトヴェイは思わず気圧される。

秋華は涙を流し、悔し気で無念な表情を隠さなかった。

おそらくこれは彼女の本心なのだろう。

この日、この時のために秋華は準備を進めてきたのだ。

その道筋には己の暴走と死という最悪の状況も仮定し、できることをすべて注ぎ込んで

きた。

そして希望も捨ててはいなかった。

この自分の状況も環境も打ち払い、自分と家族の安寧を手にいれた後のことを何度も想像した。

（その時にはこの性格も改善して可愛らしくて素直な……そう、琴音ちゃんみたいな女の子になろうと思ってたのに）

祐人と出会い、修行を経るとその気持ちは強くなった。だからなのか、計算ではない素の自分が琴音や祐人の前では何度も出てしまった。

（悔しい。ひどいじゃない。何でこんな目に遭うのよ。私が普通であろうとしちゃいけないの？　別に自由じゃなくても良かった。能力者としての自分も家のルールだって受け入れる気だった。私よりもつらい人なんていると思う。でも私は周囲の人に迷惑をかけるだけの存在だった。それがどうしても嫌だっただけなの。他人の配慮と寛容だけに頼って生きているなんて生きているとは言えないもの！）

「ククク、泣いているのですか。ようやく子供らしい一面を見せてくれましたね。ですが残念ながら私は死にません。あなたが死んでも私は死なないのです！　何故なら私は探究者なんです。探究者には予想外のことは付きものなのですよ。もちろん、ここから緊急脱

出する手段も用意しているに決まっているではないですか」

マトヴェイは額に手を当てて大笑いをする。

「いや、面白い話をありがとうございます。色々と話をしてくれましたが、何ですか、どちらにせよ私の思い通りではないですか。私はあなたに魔神を降ろして黄家を破壊したいだけです。魔神を降ろし、その過程のデータを取って研究するのが目的であって命がけではありません」

秋華の上空に存在している黒い穴が直径5メートルほど広がり、その淵が虹色に輝きだした。

それに応じたように秋華が苦しみ悶える。

「多分、あなたの話は嘘でしょうがここは信じてみます。そうなるとここは予測不能で危険な場所になりそうですのでギリギリまで観測して逃げだすとしましょう。さて！　まもなく魔神があなたの身体にやって来ます。私のお呼びした魔神と斉天大聖がするだろうあなたの身体の取り合いを見学させていただきましょう。魔神の花嫁となるか斉天大聖の花嫁となるか、どちらにせよ楽しみなことです」

ニヤリと笑い、マトヴェイはそう言うと秋華の横たわる祭壇から離れようと背を向けた。

「私はやっぱり天才だわ。本当に自分を褒めたいわ」

「……は？」

　想像の斜め上を行く言葉が聞こえマトヴェイは振り返る。

「ふふふ、あなたは逃げられない。私が時間をかけたから。今頃、琴音ちゃんがパパたちやお兄さんをここに連れてくるわ。それともう一つ、あなたの知らない歴史を教えるわ。斉天大聖を封印する際に黄家の始祖を助けた〝かなりの使い手〟がいたと言っていたわよね。それは二人。一人は日本から来たという名もない霊剣師、その人が封印術を伝授したのよ。その術は継承されて孟家が封印術のスペシャリストとして今に至るわ」

　この時、幻魔の間に祐人たちが現れた。

「秋華さん！」

　祐人たちの登場にマトヴェイが出入り口の方に顔を向ける。

「なんと！　もう来ましたか。封印術式を変えていましたのに……クッ、なるほどスペシャリストですか。どうやらその神髄までは私に伝授していなかったようですね」

「一子相伝の術よ。楽際が引退を決意するまでは伝承できないわ。当然でしょう。それとね、さっき人は衝動的に行動することがあって私も例外ではない、と言ったけどあれは嘘よ。私はすべて計算づくで話していたわ」

「ぬう、では斉天大聖のくだりも」

「はは、それは本当よ」

ここで初めてチッと舌打ちしたマトヴェイは憎々し気に秋華を睨む。巧みに虚実を交えるこの娘と話をしても意味はないと骨身にしみた。

ただ逃げ出すことには問題ない。だがこれでは悠長に観察ができなくなった。

探究者として、研究者としては口惜しい限りだ。

「ああ、あともう一人のかなりの使い手というのはね」

祐人がマトヴェイを視認し猛然と向かってくる。

「……仙道使いよ」

(だからなのかもね、絶望の中に希望を捨てられないのは。堂杜のお兄さんがいるから私は生き残る道を探るわ)

四天寺家襲撃に巻き込まれたとき秋華は祐人が仙道使いであることを理解した。

滅多にいない仙道使いに驚きはしたが、それ以上に祐人個人に興味を持った。

その時は考えなかった。

だが、マトヴェイに拘束され何故だか結びつけてしまう自分がいる。

ここには【憑依される者】の起源に関わる斉天大聖と仙道使いと霊剣師がいる。

まるで奇跡を成し遂げた黄家始祖の物語のようだと。


「これは⁉」

大威が幻魔の間の状況に驚く。

秋華が祭壇に拘束され、その上空の穴から今にも幻魔が降りてくるところなのだ。

それも強烈なプレッシャーが全身を包む。

「あ、あ奴は誰だ……その服は浩然か！　ではやはり裏切り者は浩然だったのか⁉」

楽際は現状の危うさを理解すると同時に口惜し気な声を上げ、さらにハッとする。

「幻魔降ろしの儀が始まっている！　しかもあ奴、リミッターを外しているですと！　これでは何が降りてくるか分かりません、大威様！」

この時すでに祐人はマトヴェイに仕掛けんと突進していた。

「させるかぁ！　倚白！」

愛剣倚白が右手首の辺りから落ちてくるように現れる。

「おっと邪魔は困ります。もうすぐですのでお待ちください」

マトヴェイは祐人の手前の石畳に数本の針を放つと透明なスクリーンのような壁が現れ祐人の前進を妨げた。

祐人は構わずにその壁に倚白を振り下ろす。

しかしその壁は想像以上に分厚く、しかもスライムのように柔らかい。倚白で切り裂いた部分も修復されてしまった。

「クッ、この壁は⁉」

祐人が顔を歪ませると背後から大威が目を見開いた。

「その術はバクスター家の『アクアスクリーン』！　貴様、バクスター家の者か！」

「おやおや、よくご存知で。さすがは歴戦の能力者ですね」

マトヴェイがニヤリとするが祐人は再度、倚白で切りつける。しかし、先程と同じように壁は修復されてしまう。

「チイッ！」

「浩然……いや、貴様は何者だ！　バクスター家は十年以上前にその血筋が途絶えたはずだ。まさか、その生き残りか！」

「ククク、違います。私はそのような家とは関係ありません。この術は解析済みでございまして、今では私しか使えない便利な術です」

「解析済みだと？」

マトヴェイは彫りの深い目を垂らし、白髪交じりの髪を払(はら)う。

「パ、パパ、こいつの名前はマトヴェイ・ポポフよ！　他人の家に入り込んで人様の術を盗(ぬす)む、コソ泥(どろ)のような下種野郎(げすやろう)よ！　……グウ！」

秋華が苦しみながらも声を張り上げるとマトヴェイが秋華の鳩尾(みぞおち)に拳(こぶし)を振り下ろした。

「黙りなさい。口が悪いですよ。一応、黄家の令嬢(れいじょう)でしょう」

「秋華ちゃん！」

「貴様ぁぁ！」

琴音は口に手を当てて顔を青ざめさせる。

大威たちはスクリーンの前まで走り寄り、霊力を全開にした拳を叩(たた)きつける。

しかし、表面を揺らすのみで突破(とっぱ)できない。

大威は憎々し気にマトヴェイを睨みつける。

「マトヴェイ・ポポフ……貴様、【邪針(じゃしん)】マトヴェイか⁉」

「おお、ご名答です！　さすがは力を失ったとはいえ頭までは腐(くさ)っていなかったようですね。いやいや、あなたの娘は無知で名乗ってても反応がなくてつまらなかったですよ。もう少し、教育に力を入れることをお勧(すす)めします。あ、もうその必要もありませんかね」

「大威様、こいつは」

「前能力者大戦の際、その混乱をいいことに気になった能力者たちを捕まえて吐き気を催す人体実験を繰り返していた真正の下種だ。まだ生きていたとは……いや、四天寺の話から考えればあり得る話か」

「はああ!!」

祐人はこの間にも仙氣を練り上げ、切りつけるが分厚い壁をあと一歩のところで切り裂けない。

バクスター家はイングランドで名を知らしめた能力者の家系だ。その得意能力は『アクアスクリーン』という術で、透明で流動性のあるゼリーのような壁を操る。

破壊力はないが戦いにおいて攻守ともに活躍する汎用性の高い術として知られていた。

しかし、今はその血筋も途絶え、術も失われたと聞いている。

「皆さん、今更言う必要もないと思いますが、あの方は【ポジショニング】を使っていますね。今回のニイナさんの仮説は証明されました。ということはです。その大威さんの言うバクスター家が途絶えた理由もニイナさんの仮説で証明できそうですね」

大威の横に並んだガストンが淡々と説明する。

「むう、秋華！　聞こえるか！　抗え！　今のお前なら高位幻魔も受け入れる強さがある

はず……グッ」

大威がうなる。

秋華の上空にある暗黒の穴からたとえようのない力の塊が現れたのだ。

祐人が、大威たちが顔色を変える。

凄まじい圧迫感と身の毛もよだつ恐怖。

まるでそれを体現したかのような何かが姿を現し降りてくる。

「あ、あれは、なんという」

楽際が血の気を失い言葉を失っている。

「楽際！　あれは何だ⁉　何が秋華に降りてきているのだ」

「わ、分かりません。あ、あれは……あのような幻魔は黄孟伝にも当てはまるものはありません。しかも、これは魔力⁉　歴代の黄家で魔力系の人外を降ろした方は数名しかいません！」

「ば、馬鹿な！」

祐人はこのやり取りに驚愕する。

琴音もこの現状に顔を覆う。

黄家は霊力系能力者と知られている。そこに魔力系人外を内包するというのは自殺行為

としか思えない。互いの霊力、魔力が触れればそこで反発して秋華は粉々に砕け散ると想像し、倚白を握る手に力が籠る。

「クッ！　秋華さん！　動けないのか⁉　聞こえないのか⁉」

祐人が倚白を鬼気迫る勢いで振るうとスクリーンの向こう側でマトヴェイが極度に興奮する。

「来ました！　来ましたよ！　皆さんは運がいい！　これから目の当たりにするのは誰も経験のしたことのない現象です！」

それは形を持たない影のようなもので、やがてその力の塊はそこに現れるだけで周囲を振動させて秋華にまとわりつく。

「ぬう、どくんだ！　堂杜君！」

大威がそう言うと凄まじい霊力が大威からあふれ出し、強烈な存在感を示す。

今、大威は【憑依される者】を発動している。

しかもおそらく大威の持つ最強の人外を降ろしているのだろうことが祐人にも分かる。

「大威さん、やめて下さい！　まだ大威さんはまだ回復しきっていないです。無理をすれば」

「大威様！」

「構わん！　来い！　英霊林冲！」

光が放たれ、祐人が目を細めるとそこには大量の霊力が形を変え雄々しい鎧を作り出し、その手には蛇矛を握りしめている。

「す、凄い」

祐人は大威から感じる強力な霊圧と姿に正直な感想を漏らす。

（おお、大威か、久しぶりだな。うん？　貴様、無理をしているな。それでは俺を使いこなせまい。前回の古傷が癒えてないな）

「時間がないのだ。一撃でいい、力を貸してもらう」

（ふむ、多くは聞くまい。よかろう）

大威は蛇矛を頭上で小枝のように振り回すと全身全霊の突きを繰り出した。

「なんと！　あなたの体は瀕死寸前ではなかったのですか！」

虚を衝かれたようにマトヴェイが驚き、後方に飛んだ。

「はああ！」

直後、神速の蛇矛がアクアスクリーンを貫く。

するとアクアスクリーンの中央に大きな穴が形成された。

「行け！　堂杜君！」

「分かりました！」

祐人がその穴を通り抜け秋華に駆け寄ると大威が膝からくずおれる。

「大威様！」

「楽際、私に構うな。何とか幻魔降ろしを……！」

そう言うとその場に倒れた。

「秋華ちゃん！」

ここまであまりの状況に理解が追いつけなかった琴音がハッとして祐人についていこうとする。

「琴音ちゃん、駄目だ！　君は風でこの状況を外のニイナさんと雨花さんたちに連絡して！　あのマトヴェイとかいうやつの情報を取って欲しいと伝えるんだ」

「でも！」

「早く！　それと大威さんを楽際さんと一緒に後方に移動させるんだ」

「は、はい！」

「ガストン！」

「はい」

「あいつの相手をお願い！　こちらに手を出させないで！」

「分かりました」

そう指示を出すと秋華が拘束されている祭壇の前に祐人が飛び込む。

だがおぞましい力の影が秋華に纏わりつき、やがてその身体の中に沈んでいくのが分かる。

「ハアァ！　仙氣刀斬！」

祐人が影を払おうと練り上げた仙氣で倚白を薙いだ。

が、しかし影は払えない。

それどころか代わりに秋華の体から凄まじい力の衝撃波が放たれた。

「クッ！」

祐人は後方に吹き飛ばされ、マトヴェイに向かっていったガストンも巻き込まれ側面の壁に叩きつけられた。

「堂杜さん！」

「こちらに構うな！」

琴音が悲鳴を上げるが祐人は体勢をすぐさま立て直して踏ん張り、秋華に再度、飛び込む。

ガストンも壁からストンと何事もなかったかのように着地すると上半身の埃を払う。

「まったく、旦那といると退屈しません。今までの千五百年が嘘のようです」

そう言うとマトヴェイに狙いを定めガストンは脚に魔力を込めて襲い掛かった。

マトヴェイは急速接近してくるガストンに苦笑いする。

「困りました。もうちょっと待てないですか。世紀の瞬間を目の当たりにするところだと言っているのに」

マトヴェイの右拳の指の間から三本の針が伸びるように姿を現す。

それをガストンの直前に放つと地面から『アクアスクリーン』が再び展開される。

「その術は先ほど見せてもらいました。ちょっと試させてもらいます」

ガストンの爪が伸び、アクアスクリーンに右腕ごと突き刺した。

「一瞬でいいんです」

ガストンの目が金色に変わり、膨大な魔力が右腕から爪へ供給される。

「ムッ、魔力系の能力者ですか！」

直後、マトヴェイの霊力とガストンの魔力が激しく反発し爆発を誘発した。

アクアスクリーンはガストンの腕を中心にゼリーのような破片がまき散らされ大穴があく。すぐさまガストンはその穴を通り地面に刺さっている針を長く伸びた爪で払った。

アクアスクリーンが溶けて消えていく中、ガストンはマトヴェイに仕掛ける。

「厄介ですね！」

ガストンの右の突きをマトヴェイは束ねた針ではじきながら後方に飛ぶ。それを逃さずガストンはそのままマトヴェイを追撃した。

「はじけ飛んでもゼリーのような形状なら痛くないと思いましてね！」

「頭の良い方だ！」

そのまま二人は恐ろしいスピードで移動していく。

この間に再び祐人は秋華の下へ走り寄ろうとするが秋華から放たれる強烈な力の波動にすぐには近づけない。

「秋華さん！　聞こえる⁉　意識を保つんだ！」

祐人は十数倍にも重くなったような体に仙氣を巡らせて全力で前進していく。

（なんという力の波動。間に合え！　間に合え！）

しかし祐人の願いが叶わず、ついに秋華に纏わりついていた影は秋華の体と同化していく。倒れた大威を琴音と共に後方へ下げていた楽際が体を震わせる。

「ああ……あれは降りてしまった」

「え……あ、秋華ちゃん！　秋華ちゃんは大丈夫なんですか⁉」

楽際は唇を噛む。

「琴音様、ここをお願いします。私がお側に行き、何とかフォローしなければ……」

「こ、これは何が起こっている⁉　ハッ、父上！」

この時、黄英雄が幻魔の間に繋がる階段を駆け降りてきた。

「楽際、これはどういうことだ⁉　あれは秋華……まさか幻魔降ろしを⁉」

英雄が荒れ狂う幻魔の間の状況に驚愕する。

「英雄様、説明は後です！　浩然は裏切り者でした！　今は早く秋華様の下へ行って降りてきた人外とコンタクトを取らねば！」

「何い！　裏切り者⁉」

英雄は聞きたいことがいっぱいあるが、現状が許してくれないことは分かる。同じ黄家直系として、幻魔降ろしの経験者として秋華の状態は見た限りでも普通ではない。

（あれは交渉をしている状態ではない。秋華……意識がないのか⁉　まずい、それでは精神を持ってかれる！）

英雄は横たわる秋華に必死な顔で何とか近づこうとしている祐人を見つける。

「堂杜！　ぬう、分かった！　楽際は俺とついてこい！　父上は……」

「大丈夫です。命に別状はありません！　琴音様、お願いします」

「分かりました！」

琴音はそう返事をすると同時にニイナたちに現状の説明のために風を送る。

そして英雄と楽際は秋華のいる祭壇へ走り出した。

マトヴェイはガストンと打ち合い十数合となるが、その視線は常に秋華の方に向いている。マトヴェイにしてみれば本気でガストンと戦う気などない。

マトヴェイはただ待てばいいのだ。

それで目にしたい。

かつてこれほど先の読めない儀式を強引に進めた能力者などいないはずだ。

リスク度外視の大実験。

（楽しみでたまりません。うん？　あれは黄英雄！　ふむ、人が集まりすぎですね。逃げる時の捨て駒のつもりでしたがしかたありません）

「邪魔はさせませんよ」

マトヴェイはガストンの爪を避けると再び、アクアスクリーンを展開した。

「……む」

ガストンは眉を顰める。

一度、破られた術を使う理由は何か次の一手を打つ時間稼ぎと分かるからだ。

マトヴェイが五本の針を天井に放つとその場から魔法陣が出現する。

すると魔法陣から三つの人影が現れ、静かに着地した。

「さあ、蛇たちよ。依頼はまだ終わってませんよ。あそこにいる連中を排除なさい」

現れたのは先日に夕食会を襲撃してきた能力者傭兵集団の〝蛇〟たちだ。襲撃失敗後に捕まり、黄家の地下牢に拘束していたはずの者たちだった。

「何ですか、彼らは。あれは……操られているようですね」

ガストンがそう言うと三人の蛇たちは祐人と英雄の方へ移動を開始した。

◆

雨花とニイナは敷地内の中国風の中庭の中央にある池の小島で祐人たちを待つことにした。

アローカウネもニイナの横に控えている。

そこには雨花たちに加えて黄家の従者たちが集まっていた。

「皆、聞きなさい。今から黄家は非常時態勢に移行します。敷地全域に結界を張るのです！」

雨花が号令を発すると黄家の従者たちはすぐに行動に移した。

「雨花さん、聞いてもよろしいでしょうか」

「何ですか、ニイナさん」

「もし、答えられないのなら構わないのですが、何故、秋華さんの幻魔降ろしの儀を急ぐのでしょうか」

「それは言えないわ。それにニイナさんはそれを聞く勇気はあるのですか？　教えてもいいですが他人に漏らした途端、黄家はあなたと話を聞いた人間をこの世から消します。それぐらいの術はあるのですよ、この黄家には」

二人の間の空気が固まる。

ニイナは驚くが雨花の表情は冗談を言う人間のものではない。

おそらく本気だろう。

（祐人は【憑依される者】はある一定の歳までに成さなければ死ぬ、もしくはそれに値するほどのペナルティがあるのではないか、と言っていました。ひょっとしたら当たらずも遠からずかもしれないです）

能力者の世界は自分の常識では測れないことをニイナは痛感する。もし祐人の想像が正しければ黄家を絶やす方法ができる。例えば拉致して数年間閉じ込めておくなどだ。

「馬鹿なことを聞きました。結構です。忘れてください」

ニイナが頭を下げると雨花は笑みを見せた。

「そうね、その方がいいわ。でも知る方法はあるわよ」

「それは何ですか？」

「英雄と結婚すれ……」

「お断りします」

「あら、残念ね。やっぱり秋華のライバルになっちゃうのかしらねぇ。祐人君とキスぐらいはしていて？」

「ななな！　祐人とはそんな関係じゃ……！」

雨花の言葉にニイナは極度に狼狽える。

（そういえば呼び方が〝祐人〟になっていますね。ここに来る前、突然、様子がおかしかったですがニイナさんの中で何か変わったことでもあったのかしら？）

〝雨花さん、ニイナさん！〟

「これは⁉　琴音さん？」

この時、二人の周囲に琴音の風が届いた。

雨花とニイナが琴音の説明を受けると特に雨花は深刻な表情に変わる。

「【邪針】マトヴェイ・ポポフ……聞いたことがあるわ。ですが生きているような年齢ではないはず。子孫が名乗っているのか、偽者か……ハッ」

雨花がニイナに視線を移すと顔を強張らせたニイナが頷いた。

スルトの剣や四天寺家を襲って来た能力者たちの情報が思い出された。

「雨花さん、その能力者は本物かもしれません！　すぐに機関に連絡をして情報を取るのがいいと思います」

◆

幻魔の間では事態が激変しようとしていた。

英雄が祭壇に駆けよりながら怒鳴り声を上げる。

「おい、堂杜！」

「英雄君！　ハッ、これは」

祐人が英雄に気づいた時、突如、秋華から放たれる烈風のような波動が消えた。

すると得体のしれない何かは秋華の体になじむように沈み消えていく。

「魔力が入っていってしまう。これじゃ、秋華ちゃんは」

「心配するな！　【憑依される者】は魔力系の幻魔も受け入れられる。それよりも意識だ」

「……!?」

祐人は驚愕する。英雄の言った内容は非常識なのだ。

しかしそれを考える間もなく再び秋華を中心に魔力の烈風が吹き荒れる。

（【憑依される者】はどれだけの能力なんだ！）

「何が秋華に!?　秋華、お前は一体何を呼び込んだんだ」

英雄が未知のおぞましい強さの魔力圧に愕然とした。

この時、祐人に最悪の予感がよぎる。

祐人は知っているのだ。

この地肌をヤスリで撫でられたような感覚。

心胆を凍てつかせ、生きる気力すら奪っていく波動。

ひとたび敵対すれば人類に悲劇しかもたらさない最悪の存在を。

すると突然、祐人が仙氣を爆発させる。

「ハアアア!!」

「ど、堂杜！」

「英雄君！　ク・フォリンを降ろせ！　備えろ！　秋華さんがどういう状況か分かるまで

は全開で対応する！　降りてきたのは魔神クラスだ！」

英雄は祐人の戦神のような気迫を受けてハッとする。

凄まじい存在感、そこにいるだけでビリビリと伝わる戦意、何かを為そうとする意志。

祐人からそれを感じ取った。

そしてその眼には苦渋の色が見える。

不思議とこれだけで英雄は状況を理解した。

（堂杜……修行を施したお前でも秋華が暴走するかもしれないと思っているのか）

だが英雄は祐人の今まで交わした言葉と行動からどういう男かは分かってきている。

（その上で秋華を救う道筋を探すというんだな）

英雄の脳裏に秋華が暴走し文駿の胸を右の突きで貫いた映像が浮かんだ。

それは前回の幻魔降ろしの儀のことだった。

黄家の兄妹の生きざまを一瞬にして変えてしまった悲劇。

英雄は周囲を威圧し始めたのはこの時から。

そして茶目っ気はあったが素直で優しい少女だった秋華が周囲を翻弄する本音の見えづらい人間になった。

だが変わらないものもある。

（俺は知っていた。秋華は苦しんでいた。俺が兄と慕っていた文駿さんを殺した自分を責めて、周囲と同等に付き合うことを止めた俺の変化を心配していたんだろうと。でも違うんだ、秋華。あの時の俺は強くなると決めたんだ。それで黄家も妹のお前も守ると。俺が揺るがない強さを得れば文駿さんの生にも意味を添えられて……文駿さんの死は無駄ではなかったと確信できれば、お前の苦しみも消えると信じていたんだ！）


そう、英雄と秋華は黄家を愛し、そして二人はお互いを思いやっていたのだ。

秋華は文駿の件で苦しみ、兄を変えてしまった自分の未熟さを責めた。

その後、英雄を含めた皆が秋華に責任を感じさせまいと振舞った。

ところが皮肉にもそれが秋華の自責の念に拍車をかけてしまった。

だから秋華は今回の幻魔降ろしに全身全霊を懸けるつもりだった。

成功して家族を安心させるか、失敗しても自分という不安要素を取り除く。どのような形でも結論さえ出れば、次のステップに皆が進むと思ったのだ。

確かに兄妹の関係性は大いに変わったかもしれない。

すれ違いや思い違いもあっただろう。

でもこれだけは変わらない。変わるはずがない。

（秋華、暴走しようが何だろうが兄がお前を救うぞ！　だってお前は苦しみっぱなしじゃ

ないか！）

「来い！　ク・フォリン！」

英雄の呼びかけに応え、背後に純白の騎士(きし)が浮かびあがる。

「堂杜、秋華に自我(じが)を保つように呼びかけを続けるんだ！　聞こえているはずだ！」

今の英雄に祐人に対してのつまらない対抗心(たいこうしん)などない。

あるのは今、同じ方向を向いている堂杜祐人という能力者、という理解だけだ。

「分かった！　秋華ちゃん！　目を覚ますんだ！」

英雄は力強く頷くと霊力(れいりょく)を集中させる。

その霊力の密度、収束時間、霊力操作、そのすべてが一流と呼ばれても良い完成度。

新人試験の前から黄英雄の名は知れ渡(わた)っていた。

名門黄家に現れた数代に一人の天才と言われ、四天寺瑞穂(みずほ)と並びゴールデンエイジと言わしめた前新人試験の筆頭格。

この黄英雄は紛(まぎ)れもなく黄家歴代でもトップクラスの才能を秘(ひ)めている。

（ふむ、良い面構(つらがま)えになったな。よかろう、今のお前とならさらなる先が見えるだろう）

純白の騎士が英雄に乗り移る。

すると英雄のいでたちが白色の軽鎧をまとった騎士に変わり、その右手に槍(やり)を左手に盾(たて)

を掴んだ。

その時だった。

魔力の烈風は収まり秋華を磔にしていた鉄製の拘束具がはじけ飛んだ。

そして表情のない秋華が上半身を起こす。

「秋華ちゃん！」

祐人が秋華に近づいた時、ガストンが叫ぶ。

「旦那！」

そこに祭壇の向こう側から三人の蛇たちが忽然と現れて襲い掛かってきた。

「チイ、何だ!?」

「こいつらは襲撃してきた連中！」

祐人が即座に迎撃する。

「英雄君！　こいつらは僕が抑える！　君は秋華ちゃんを！」

「あ、ああ！」

祐人が常人離れした動きで二人の蛇を倚白で横一閃ではじき、もう一人を上段回し蹴りで頸椎を叩き折る。

その戦闘力は自分と戦った時の比ではない。

（何だ……これは。俺はどこかでこの姿を……）

ふと、英雄の脳裏にどこかでこの姿を見たことがあるような既視感が過る。

しかし、すぐに英雄は秋華に走り寄り力いっぱい抱きしめた。

「秋華！　俺だ、お兄ちゃんだ！」

（坊主、離れろ。危険だ）

「……!?」

ク・フォリンの声が聞こえたかと思うと英雄は強烈な衝撃を受けて背後に吹き飛んだ。

「英雄様！」

「だ、大丈夫だ」

吹き飛んだ英雄のところに楽際が駆け寄ると英雄は衝撃を間一髪で盾で防いでいたようだった。

「来ました！　降りましたよ！　さてさて、ここからが見物です！」

突然、マトヴェイの喜びの交じった声を張り上げた。

「あなた、何をしたんですか」

すぐさまマトヴェイと秋華の間にガストンが立ちはだかる。

「むう、いいところですのに面倒な人ですね。まあ、いいでしょう。聞きなさい！　今、

彼女の中には二つの魔神級の人外が降りているんです！　どうなるかは私も分かりません。あなたたちも早く撤退しないと危険ですよ」

「二つ？　それはどういうことですか。まさか魔神クラスの人外が二人も降りてきたということですか⁉」

　ガストンの背後で秋華が祭壇の上でゆらりと立ち上がる。

秋華の目には何も映っておらず表情もない。ただ秋華からは身の毛もよだつ膨大な魔力だけが漏れ出ている。

　蛇たちを弾き飛ばした祐人は振り返り普通の状態ではない秋華に目を移す。

（な、何だ。秋華さんなのに秋華さんの気配がない！）

「ふむふむ、魔神といえどまだ完全に触媒にできていないようですね。これは斉天大聖が邪魔でもしているのでしょうかね。実に興味深い」

　このマトヴェイの言葉に楽際と英雄が目を見開く。

　一体、何を言っているのか。しかも【憑依される者】の核心にも関わる斉天大聖の名前を出したことに嫌な予感が走る。

「貴様、一体、何を言っているのだ！」

　楽際が怒鳴る。

「おやおや、そういえばあなたたちは知らなかったんですね。彼女の中にはすでに幻魔が降りていたことを」

ガストンがマトヴェイに仕掛けようとするとマトヴェイが手で制す。

「まあ、待ちなさい。あなた方にも有益な情報です。彼女が前回の幻魔降ろしの儀で失敗した理由を仰っていたんです。彼女もあの後に気づいたようですがね」

マトヴェイは目を細めながら周囲を確認する。皆、突拍子もない話であるためにこちらに集中している。

（ふむ、嘘を教えてもいいですが、それではつまりませんね。何より彼らの考察も知りたいですし。それに頼んでいた応援が遅いです。ここは逃亡の時間稼ぎのためにも伝えておきますか）

「いい加減なことを……！」

英雄が口を開くとマトヴェイが再び語りだした。

「彼女本人が教えてくれたんですよ。彼女がいい加減なことを言っていなければ本当の話だということです。彼女の中にはいたんですよ、生まれた時から強力な幻魔、人外が。その幻魔こそが彼女が起こす暴走の原因なんです」

琴音は意味が分からず倒れている大威の前に立ち尽くしている。

「生まれた時から？」

「それが斉天大聖です！　そう、彼女の中には強大な人外にして【憑依される者】の起源ともなった斉天大聖がいるんです！　だからあなたたちにも分からなかったんですよ！　加護だけがあると思い込み、斉天大聖の気配があっても不思議には思わなかった。ですがこれはあなたたちのミスですよ。斉天大聖はね、自分以外の幻魔を降ろすことを許さない。だから失敗したんです」

真偽の分からぬマトヴェイの言葉に楽際も英雄も唖然とする。

敵の発言など聞く必要はない。

だが二人はまったくありえない、と言うことができなかった。

「ただ、恐ろしいほどの才能と可能性を秘めた彼女ですが、内包する斉天大聖を御するほどの実力、自我がなかったのです。見てください！　今、彼女の中には私が呼んだ魔神が降りました。あなたたちにもこれがどういう状況か分かるでしょう！」

魔力を溢れさせている秋華の体が宙に浮きだす。

「あ、秋華、本当なのか。お前は何故、それを……」

英雄が茫然と秋華を見つめると楽際は口惜し気に唇をかむ。

「言えなかったんですよ。おそらく彼女は今回の幻魔降ろしの儀で斉天大聖を手中におさ

めるつもりだった。言えばまたあなたたちを困らせると分かっていた。今になって私は合点がいきました。彼女はね、前回の失敗の責任はすべて自分にあったことにしたかったんでしょう。そうしてあなたたちを安心させたかったんです。そうすれば誰も傷つかないですから！　いや、本当に優しい方だ」

マトヴェイは楽しそうだった。

実際、楽しくて仕方がない。

分からぬ出来事を解き明かす、ということは彼には快感でしかない。

たとえそれが誰にとってどのような影響があろうとも関係ない。

英雄と楽際の顔が悲し気で悔し気でやるせない表情に変わっていくのが分かる。

これは真実が明るみになったからこそ起きる変化。

マトヴェイの大好きな瞬間でもある。

「それで彼女がどうなるか！　分かりません！　そう！　どうなるか分からないんです。世の中には未知なことがあります。さあ、私と考えようじゃありませんか。一体、彼女がどうなるのか。そして結果を考察しましょう。次回に同じことがあったとしてそれが毎回、起きるのか。私は未知が既知に変わる瞬間が好きでたまらないのです！」

英雄の顔が怒りに染まっていく。

「貴様ぁ！　それが本当だとしても！　貴様が魔神を呼び込み、引っ掻き回して秋華を余計、苦しめたのだろうがぁ！」

声帯が壊れんばかりに声を上げ立ち上がると白騎士の姿をした英雄がマトヴェイに突進する。

「おっと、それは逆切れですよ。英雄様」

マトヴェイは左の手から針を出し、突進してくる英雄に放つ。

が、側面から飛来した倚白がそれらを弾いた。

「なんと！」

「ガストン！　その下種野郎を逃すな」

仙氣を爆発させた祐人が怒りの形相で怒鳴る。

「分かりました」

祐人がマトヴェイの懐に入ると神速の回し蹴りがその横腹をとらえる。

マトヴェイが吹き飛びガストンは逃さんと言わんばかりにそのまま追った。

「英雄君、楽際さん！　この下種野郎は必ずやる！　でも今は秋華さんだ！　秋華さんを呼び起こすんだ」

「堂杜！」

「まだ秋華さんは支配されていないはずだ！　魔神だろうが斉天大聖だろうが関係ない！彼女に肉体の主導権を保たせるんだ」

そう言うと祐人は秋華へ背後から近づき、魔力圧に抗いながら左肩に手をかけた。

「秋華さん、聞こえるか！　僕だ！　堂杜だ！　自我を保て！　修行を思い出すんだ！」

「むう、楽際、行くぞ！　秋華の意識に干渉する！」

「はい！」

この時、マトヴェイは立て直しガストンから逃れるように移動する。

「グウ、なんという重い蹴りですか」

（応援はまだですか。もう来るはず……うん？　来ましたかね。では防御に徹していましょう。それにしても魔神は何をしているのです。むう、あの娘が抗っているのですね。無駄な足掻きをしてくれるものです）

英雄と楽際は宙に浮く秋華の下へ向かい目の前に立った。

楽際は印を結び幻魔の力を散らし秋華の自我と繋がろうとする。

「ぬうぁ！　何という高位の自我！」

楽際が経験のない全身の痛みに悶える。

「こらえろ、楽際！　秋華、俺だ！　自在海を展開しろ。己の自在海に人外を収めるん

だ！」

英雄は大声を出しながら手を伸ばすが魔力と霊力が反発しうまく前に進めない。

祐人は再び秋華の耳元で声を上げる。

「秋華さん！　君は幻魔降ろしを完遂させると決めていたじゃないか！　惑うな、主張しろ！　黄秋華は君だけだ！」

ピクッと秋華が反応する。

秋華の目の焦点が定まるとゆっくりと背後を振り返った。

「黄秋華……」

「そうだ！　それが君だ！」

すると秋華は肩にかかる祐人の左手に自分の右手を重ねた。

「そう、私は黄秋華……」

祐人と英雄の顔に希望が灯る。

すると秋華が優し気に笑った。

が、直後、

「ぐぅぅ!?」

突如、秋華に重ねられた祐人の左手が握り潰されんばかりに握られる。

「我に触れるな、この下郎がぁ‼」

秋華が振り返りざまに祐人の顔面に裏拳を叩きこみ、英雄へ掌底を放つ。

祐人は後ろに、英雄は楽際を巻き込み吹き飛ぶ。

一瞬、二人は意識を飛ばされ受け身もとれず石畳に叩きつけられた。

秋華は暗黒の目に金色の瞳を光らせる。

「ククク、これは黄秋華だった。今は違う。このアシュタロスに触れたこと万死に値する、覚えておきなさい、虫けらども。いや、もう死んでいるか」

そう言うと秋華は高らかに笑い出した。


「こ、このプレッシャーは⁉　何が起きてるんですか⁉　あ、あれは敷地に結界を張っている？」

黄家の客室で外を見上げながら亮が声を上げる。

すぐにいつまでも惰眠をむさぼっている兄貴分を振り返ると俊豪はすでに体を起こしていた。

その表情に浮つきはなく舌打ちをしながら首や肩を回している。

「いくぞ、亮」

「え？」

「ったく、俺が受けた依頼の中で最も気乗りしない依頼だが仕方がねぇ」

俊豪は立ち上がりベッドの横に立てかけてある得物を取り上げた。

188センチある俊豪の身長を超える長さの得物には白い布で厳重に封印が施されている。

「お前は全員避難させろ。邪魔にしかならねーからな」

「俊豪、どうする気なの？　まさか本当に秋華さんを……」

「何を言ってんだ。どうするも何も決まっているだろう。俺は秋華から依頼を正式に受けているし金ももらっている。俺は依頼を受けたら必ず完遂する、それだけだ」

「俊豪……」

俊豪は無表情で得物の布を解く。

すると青龍偃月刀が姿を現した。

「いいか、これは天衣無縫が受けた仕事だ。行くぞ、亮。依頼は暴走したら〝私を殺せ〟だ」

◆

黄家の屋敷から遠く離れたビルの上から監視する者たちがいる。

「イーサン、これは黄家内でとんでもないことが起きている、でいいのかしら？」

アメリカの能力者部隊所属のナタリーが上司のイーサンに問いかける。そしてその声色は深い緊張を感じさせた。

「ああ、おそらくな、原因は分からないが。あの結界は強力なものだ。我々、ＳＰＩＲＩＴの本拠地に匹敵かそれ以上のものに見える」

「一体、何が起きているのよ」

このナタリーの質問に即答せずにイーサンは思慮深い目で黄家の広大な敷地を覆う結界を見つめる。

イーサンの右目にＡ、左目にΩの文字が浮かび上がる。イーサンの能力発動に気づいたナタリーが顔色を変えた。

「ちょっと、イーサン！　こんなところであなたの目を使わないで！」

「心配するな、リスクに見合うと考えて使っている」

「そういうことを言っているんじゃ……！」

イーサンがナタリーを制止するように手を上げるとナタリーは口を閉ざし、呆れたよう

に首を振る。するとイーサンは目を細める。

「ほう……あの結界は外と中を断絶しているようだ。名門黄家の渾身の結界だろう。つまり黄家が機密性の高い何かを始めた、と考えるべきだな」

「黄家の機密といえばつまり【憑依される者】の儀式しかないじゃない」

「そう考えるのが妥当だろう。決して外部からの邪魔を受けないためのものだ。いやそれ以外もあるか」

「それ以外って何よ」

「たとえば我らの本拠地の結界もかなり強力だが中からは出ることができる。だがあの結界は内側からも出られん術式。もちろん意図的にそうしているに違いない。ということは中にある何かを決して外に出さないため、という目的もあると考えられる」

「外に出さない、ね。それであの次元遮断レベルの結界を張るって、何のことか気になるわ」

「俺に分かるはずがないが、調べてみるか？」

「やめなさい、馬鹿！」

　ナタリーの物言いにイーサンはフッと笑うと、ナタリーが不機嫌そうに結界に目を向けた。

「ちょっと待って⁉　結界がおかしいわ！　今にも消える、いえ消されそうよ！」

ナタリーが驚(おどろ)きの表情を見せるがイーサンは言葉を発さず、わずかに額に力を籠(こ)める。

「外からの攻撃(こうげき)は？」

「ないわ」

「ということは内側だな。まずいな……だとすると相当まずい。ナタリー、黄家から距離(きょり)をとるぞ、急げ！」

「何よ、どういうことよ！」

「あの強力な結界が容量オーバーになっている可能性がある！」

「え⁉」

「もしそうならヤバいのが出てくるってことだ！」

◆

異変は雨花もすぐに感じ取った。

「こ、これはなんていう魔力。秋華に何が起きたというのです」

雨花が額に手を当てながら思わずテーブルで体を支える。

「雨花さん、どうされたのですか」

ニイナが驚き雨花に近寄り、背中に手を添えた。

「今、この家におぞましい何かを呼び込んでしまった……こんな」

「雨花様、大変です！」

そこに黄家の従者が血相を変えて飛び込んできた。

「内側からの魔力圧に結界が揺らいでいます！　このままでは維持できずに消えてしまいます！」

「何ですって⁉」

雨花が外へ飛び出し上空を見つめると強力な黄家の結界が壊れた電灯のように消えかかっている。ニイナも一緒に外へ出て確認する。

「いけません、何としても結界だけは維持しなさい！　人数をかけられるだけかけなさい！　結界が崩れれば我が家だけでは済みません。この上海が……」

すると一瞬、上空に影のようなものが二つ飛び込んで来たかのように見えた。

「え、今のは⁉　雨花さん」

「クッ、こんな時に侵入者！」

口惜しそうに雨花は顔を歪めた。

エピローグ

祐人、英雄が秋華から大きく吹き飛び、頑丈な岩壁に叩きつけられて壁自体に大きなひびが走る。

「堂杜さん！」

琴音が思わず声を上げその場から走り寄ろうとするが、誰かにそれを制するように腕を掴まれた。

「え、大威さん！」

意識を取り戻した大威が苦し気に体を起こした。

「待ちなさい。むやみに前に出てはいかん」

大威は乱れた呼吸のまま視線を秋華に取り憑いたアシュタロスと秋華の意識に繋がろうと印を結んでいる楽際に向け、続いて祐人と英雄をとらえた。

これらを見ただけで大体の状況を把握し臍を噛む。

「でも大威さん、秋華ちゃんが！　このままじゃ堂杜さんや英雄さんも！」

「落ちつきなさい、琴音君。それよりも君に頼みがある。この現状を雨花に伝えてほしい。秋華に降りてきた幻魔は魔神だ。今は秋華の制御を離れている。何としても敷地内から出すな、と。グ……」

大威はそこまで言うと大きく咳きこんでしまう。琴音は内心、何故落ち着かなければならないのかと焦りの気持ちが勝っていたが、慌てて大威の背中をさすり、すぐに言われたとおりに雨花へ風を送った。

「今、送りました」

「すまない」

「大威さん、私、秋華ちゃんのところへ行きます」

「待ちなさい、一人では意味がない」

「でも、このままじゃ皆が死ぬか、友達が……私の親友が消えてなくなってしまいます。私はこれをただ見ているのは嫌なんです！」

琴音がそう言うと同時に立ち上がる。

「待ちなさい！　ゴホッ、ゴホッ、ググ……琴音君。私は行くな、と言っているのではない。行くなら一人では駄目だと言っているのだ」

「え？」

「堂杜君と英雄と連携をとるんだ」

「でも二人はまだ」

　頑丈な岩壁に背を預けて意識を失っているはずの二人に目を向ける。琴音が秋華のところへ直接向かおうとしているのも、この二人の立ち直る時間を稼ぐためでもあった。

（二人がいない！）

　重傷を負ったはずの二人がいるはずのところにいない。

　それどころか祐人と英雄はすでに態勢を整え秋華を挟むように対峙していた。

「あの程度で戦線離脱するような二人ではない。とはいえ楽際は戦闘向きではないが儀式には重要で経験豊富な男だ、楽際を守れ。そして秋華の意識を取り戻すための手立てを考えるんだ」

　この時、琴音は目を見開いた。

　まずは祐人、英雄の戦闘中の能力、メンタルの強さ。

　そして、これを見てわずかな時間で現状を素早く把握して指示をだした大威。

　自分は直接戦闘には加わらずに距離を取り、これらをつぶさに見ていたはずだ。

（にもかかわらず私よりもこの場を理解した人。私よりも危険な場所にいながら次の危険な場所に陣取った人たちがいる）

琴音も黄(こう)家内の情報伝達という重要な役割を果たしていた。

しかし自分はなんと力が足りないのか、と痛感する。

にもかかわらず――だ。

この少女は今、自分の中に生じた初めての感覚に戸惑(とまど)っていた。

この時の琴音は自分で考えても的外れで馬鹿な感覚を抱いたのだ。

三千院(さんぜんいん)琴音という少女は精霊(せいれい)使いの名家に生まれた。

だがその実、名門の能力者というよりも箱入りのお嬢様(じょうさま)として育てられてきた。危険なこと、危険な場所、危険な人物とは関わったこともない。

そんな彼女にとって眼前で繰(く)り広げられている超(ちょう)ハイレベルで危険な戦いは想像を超え、非現実的でありまるで一般人(いっぱんじん)が感じるものと一緒なはずだった。

機関で危険度S認定の能力者【邪針(じゃしん)】マトヴェイ・ポポフ。

秋華に降りてきた街を呑(の)み込まんばかりの力を感じる魔神。

どちらも自分のような人間が戦うような相手ではない。

いや、今後も自分ごときが対峙するような敵ではないのだ。

たとえ普通の能力者でさえ出会えば不運。

意味もなく、考える暇(ひま)もなく、瞬殺(しゅんさつ)される未来しかない敵。

それほど強さのレベルが違う。

ところが——なのだ。

琴音はこの時、生まれて初めて武者震いをした。

彼女は何を思ったか、大威、祐人、英雄、楽際、ポポフを改めて眺め、

(自分の目指す能力者像がここにはある！　特徴は違います。でも私が踏み込むべきレベルが見つかりました)

琴音は大威に顔を向ける。

大威は一四歳の少女が見せたその生気に溢れた顔に吸い込まれそうになる。

「大威さん、忠告ありがとうございます。私は堂杜さんたちと連携して援護します。その間にも定期的に雨花さんたちに風を送って状況を説明します」

(むう、この子は。この困難な戦いを前に一皮むけたのか。なんという才気だ)

「あとお願いがあります。私はできるだけ大威さんの近くにいるつもりです。ですのでアドバイスを随時ください。よろしくお願いします。では行ってきます！」

そう言うと琴音は大威に背を向けた。

(ぬう、情けない。こんな時に自由がきかぬとは。楽際、持ちこたえてくれ。ここにいる若者たちを死なせてはならん！)

この時、秋華の中にいるアシュタロスは不愉快そうな表情を見せたかと思うと天井を睨みつけた。

「ここは狭苦しいな」

突如、秋華の上方に積層型の魔法陣が展開した。

祐人と英雄が目を見開く。

計り知れない魔力量を高速で放出、展開している。

今まさに恐ろしい力が解放されようとしているのだ。

咄嗟に祐人たちは力の余波から身を守ろうと腕を顔の前で構える。

その直後だった。

凄まじい魔力がうねりとなって直上へ打ちあがり上方の強固な天井と屋敷の一部を貫いた。

空気の振動は全身に響き、衝撃波が全身を包み体の各所に切り傷が生まれる。

そして、屋敷内庭園から見えるはずの空が地下にあったはずの幻魔の間に広がった。

あとがき

たすろうです。

魔界帰りの劣等能力者十二巻をお手に取っていただき誠にありがとうございます。

今巻は黄家編とも言うべき章の中巻となります。

いかがでしたでしょうか。楽しんで頂けると嬉しいです。

作者としては秋華と琴音の修行は描いていて楽しかったですね。

話は変わりますが今年はとても目まぐるしい年でした。

社会情勢の話ではなく私個人の話です。

環境に大きな変化があり、忙しすぎて何度も体調を崩してしまい体重も10キロ近く減ってしまいました。

また、仕事の関係で来年早々に引っ越しもしなくてはならずこの年末もドタバタです。

早く落ち着きたいです。

それで素晴らしい新年を迎えて来年は飛躍できればと思います。

読者様、皆さまも良い年を迎えられるようにお祈りしています。
それで魔界帰りシリーズの応援を引き続きよろしくお願いします。
次巻はこの章の完結巻になりますね。鋭意執筆していきます。
あ、それと読者様からの感想は必ず読んでいます。
とても力になっておりますので是非、元気をくださいね。
それではまた次巻でお会いしましょう。

ＨＪ文庫の編集の皆さま、営業の方、担当のＳさん、そして神イラストレーターかるさんに心より感謝を申し上げます。
誠にありがとうございます。

魔神VS天衣無縫VS魔神殺し!
2024年発売予定!!

幻魔降ろしの儀は魔神降臨という最悪の結果を迎えてしまった。
アシュタロスとなり暴れる秋華、依頼通りアシュタロスを滅しようとする
王俊豪、そして秋華を助けようと割り込む祐人。
敵味方が複雑に入り乱れる戦場で、超越者たちの死闘が始まる——
最弱劣等の魔神殺しが魔神の花嫁を救い出そうと戦う、第13弾!!

魔界帰りの劣等能力者 13

魔神の花嫁と劣等能力者

The inferior in ability who returned from the demon world

魔界帰りの劣等能力者

12. 幻魔降ろしの儀

2024年1月1日　初版発行

著者――たすろう

発行者―松下大介
発行所―株式会社ホビージャパン

〒151-0053
東京都渋谷区代々木2-15-8
電話　03(5304)7604（編集）
　　　03(5304)9112（営業）

印刷所――大日本印刷株式会社

装丁――小沼早苗（Gibbon）／株式会社エストール

ISBN978-4-7986-3382-4　C0193

ファンレター、作品のご感想お待ちしております

〒151－0053　東京都渋谷区代々木2－15－8
(株)ホビージャパン HJ文庫編集部 気付
たすろう 先生／かる 先生

勇者殺しの花嫁 -血溜まりの英雄-

最強花嫁（シスター）と魔王殺しの勇者が紡ぐ新感覚ファンタジー。

魔王が討たれて間もない頃。異端審問官のアリシアに勇者暗殺の指令が届く。しかし、加護持ちの勇者を殺す唯一の方法は“愛”らしく、アリシアは勇者を誘惑しようとしたが――「女相手になにしろって言うんですか!?」やがてその正体が同じ少女だと気付き、アリシアの覚悟が揺れ始め――

著者／葵依幸
イラスト／Enji

「我に触れるな、この下郎がぁ？」
秋華は暗黒の目に金色の瞳を光らせる。

「輝かなければ君は強くないのか！
名が轟かなければ弱いのか！」

「俺は強い。強くなくてはならない！
それで俺は輝く。誰もが俺を認める。名が轟く。
それで俺の強さに意味ができるんだ。
なのに、お前にはそれがない！　何故だ？
お前は何で強い！　強くあるんだ！」

「スキルや術に頼らない。
能力者としての地力を上げる修行だよ」